愛情元素

韓牧 詩集

韓牧

　　韓牧，本名何思撝，另有筆名鄭展怡、向巽玲、衛紫湖等。1938年花朝節生於澳門戀愛巷。澳門大學文學碩士，「澳門新詩月會」創辦人，1957年夏移居香港。港、澳、新加坡多個文學團體之會員、理事。曾任港、澳兒童文學獎、工人文學獎、青年文學獎評判，青年雜誌主編。1984年春，率先提出「澳門文學」名詞及概念。1989年末移居加拿大，任「加拿大華裔作家協會」理事，同時是加拿大多個藝術家團體之會員。國際詩人協會會員。著有《韓牧評論選》《剪虹集：韓牧藝評小品》《韓牧散文選》、電郵書信集《牧人看世界》《牧人聲聲惜》及詩集《韓牧詩選》《愛情元素》《梅嫁給楓》《新土與前塵》《待放的古蓮花》《伶仃洋》《裁風剪雨》《回魂夜》《分流角》《急水門》《鉛印的詩稿》及《草色入簾青：韓牧攝影，杜杜詩詞》、《Finn Slough 芬蘭漁村：溫一沙攝影、韓牧新詩》（獲獎）、《她鄉，他鄉：葉靜欣、韓牧新詩攝影集》等。在香港、台灣、中國、美國屢獲詩獎。短詩入選香港中學語文教材；寓言詩獲日本選入「中國語」課本中；詩作《一朵罌粟花的聯想》為加拿大國殤紀念日唯一中文朗誦詩。

　　主要論文有：〈杜甫鳥類詩初探〉〈建立「澳門文學」的形象〉〈澳門新詩的前路〉〈馮至詩分期研究〉〈論兒童詩的寫作〉〈舒巷城詩的本土性〉〈新文人畫的開創〉〈墨緣印象：論中國、日本書法〉〈詩人寫生與畫家寫生〉〈寫我甲骨文〉〈用「國」「族」「文」分類海外華裔文學〉〈僑民。居民。公民：從加拿大華文新詩窺探加華詩人的自我身份定位〉〈論詩人汪國真〉〈從人類遷移史論移民作家的身份與立場〉〈加拿大華文詩中描寫的本國

社會現實〉〈加拿大華文詩中描寫的外國社會現實〉〈港澳與南洋文友的情誼及「澳門文學」的覺醒〉。

何思撝（筆名韓牧）亦是書法家，早年師從書法大家謝熙先生，屢獲香港青年書法冠軍。擅長甲骨文、隸書、楷書、行草各體。現居加拿大。

作品曾個展於加、美、中、台、港、澳。其中，1997年獲加拿大卑詩大學（UBC）主辦，首展長篇甲骨文《心經》、《正氣歌》（後又有《大同篇》《國父遺囑》等），學術界譽為首創，加拿大國家電台作海外報導。1998年獲澳門政府主辦港澳巡迴個展，得學者饒宗頤、何叔惠、羅慷烈、馬國權諸教授讚賞，《亞洲周刊》及《美國之音》電台專訪。2001年應台北國立國父紀念館之邀作《緬懷國父》書法個展，《宏觀衛星電視》到場專訪，全球報導。旋應美國金山國父紀念館之邀，作同題個展。

書作屢獲博物館、美術館、基金會、文學館、紀念館、領事館、碑林等文化機構收藏。著有《何思撝書法集》。論文《寫我甲骨文》獲選入《世界學術文庫‧當代文化卷》。

兩封信
──孿生詩集《愛情元素》、《梅嫁給楓》代序

瘂弦

1

韓牧兄：

　　日前從台灣回來，收到你的信，讀了你寫維納斯的長作〈愛情元素〉，十分感動。此詩顯示出詩人內心的最底層，慾的激發與靈的昇華交替敘寫，非常深刻有力，我極喜歡、佩服。這是你近年創作的大收穫。標題也好，將來出一詩集，就可以用「愛情元素」，用此長作當全書的主題（或標題）詩了。

　　澳門的《中西詩歌》季刊，有向衛國的論我的文章，我沒有讀過，可否勞駕電郵該詩刊寄我一份。先謝謝。我不曾上電腦網路，變得孤陋寡聞了。

　　這次我離溫城最久，快半年了，躲過了大雪，但卻誤了文友間許多可愛的聚會。在彭冊之兄家的小聚，我參加了，吃過飯，我們還到彭府附近的小湖跳彩帶舞，我一下子變年輕了起來。

　　問候夫人。

　　　　祝

新歲多福　吉祥如意

瘂弦敬上　2009.1.20

耶穌有沒有去過印度，還為了學佛才去的印度，此一大膽的假設，值得小心的求證。

詩人也是凡人，文人也是俗人，不凡，不俗，是一個觀念，不是一個真正的人。但從來人們寫維納斯總是美呀美的，從來不敢把一個男性對女性的直覺（慾念、獸性等骯髒的部份）寫出來，而你卻寫了。詩中有慾、有靈，交纏、矛盾、鬥爭，最後得到辯證的統一，把慾化為靈，把獸性變成神性，最後體現出被維納斯征服的美。詩人失敗了，維納斯勝利了，而也當然，真正的意味是詩人的詩勝利了。

2

韓牧先生

我回台北參加我女兒的婚禮，回溫哥華不久。近況如何？不知〈愛情元素〉發表了沒有？我對大作的賞析是真誠的，絕對不是胡亂的誇讚。如果你認為有必要，〈愛情元素〉將來收入集子出版，可以把我給你的信（或摘要）錄在詩的後邊。

《中西詩歌》收到，向衛國先生長文析論深入，對我有很大的啟示。大陸上認真治學的人多於台灣，台灣大學教書人外務太多，安心讀、寫者寥寥。

問候夫人。

敬請

文安

瘂弦上　2009.8.27

十年詩
——孿生詩集《愛情元素》、《梅嫁給楓》自序

韓牧

　　1989年末自香港移居加拿大至今，逾二十年了。前十年，我把精力、時間投放在書法、尤其是甲骨文書法的研究、創作和展覽上，停了寫新詩；直到2001年才重執詩筆。到今年2011年，又整整十個年頭了，發覺詩稿已經積存不少，許多還不曾發表，於是立意整理，出版詩集，以免湮沒。

　　自青年時期至今，幾十年來，我學習的重心從書法轉到新詩、又從新詩轉回書法、再從書法轉回新詩的過程，在我詩集《新土與前塵》的長跋〈新土高瞻遠，前塵舊夢濃〉中已詳予述說。

　　記得1978年秋，我曾將過去五年內（1974 1978）所寫詩作，編成兩本詩集：《分流角》和《急水門》。這一對孿生姐妹，後來分別在香港和新加坡出生。現在，相似的，我將過去十年內（2001 2011）所寫詩作，編成《愛情元素》和《梅嫁給楓》，希望這對孿生姐妹，分別在台灣和加拿大出生。

　　姐姐《愛情元素》這個書名，是瘂弦先生建議的。我在2001年秋寫了長詩〈愛情元素〉，先後投寄給香港、澳門和新加坡的詩刊，都沒有回音。許多年來，它們一直歡迎我的詩。相信並非由於篇幅過長，而是內容破格。在與瘂弦先生的一次通信中，我偶然提到了這首詩，並附上請他指正。他讀後寫信大加讚許，又介紹給台灣的《乾坤》詩刊發表。

　　這讓我回憶起一件相似的往事：「1972年末，突然崛起了一本不定期但水平高的《海洋文藝》，漸漸變成季刊、雙月刊、月刊。

1973年末，我把遭兩個報紙文藝版退回的一組詩寄去，竟然得到主編吳其敏老先生的重視，還請我每月供詩稿，一直寫到1980年停刊。」（《新土與前塵》自跋，2003年12月）

這本《愛情元素》我按內容分成五輯，每輯之中，詩作依寫作先後為序。

第一輯名「情緣」，共十六首。〈愛情元素〉、〈我倆的第五晴〉、〈雙渦的梨〉、〈紅月流星之願〉四首，寫的是與配偶的愛情。〈千羽鶴〉、〈短袖圓領黑底碎花的短衣〉、〈那一條金頭髮〉、〈初戀永恆〉四首，是青年時期愛情的追憶。〈這一片葉脈〉、〈無形的交流〉、〈不可方物的少女〉也是寫愛情的。〈母親的名字〉寫親情，〈同台之緣〉寫師生之緣，〈亡友的筆名〉、〈一群詩友的名字〉寫的是友情。〈自由自在的心〉是我得意之作，寫的是與加拿大的情緣。

第二輯名「宇外」，是相對於「宇內」而言的。《新土與前塵》自跋中，有一節〈我未來的詩〉說：「能夠清靜才能夠沉思。抽身出來，從一個新觀點回視紅塵，同時又靜觀自然，甚至可以進入哲學的、靈性的境界。如果我一直在香港，我寫不出像〈四季融合〉、〈極目那一灘浮閃的陽光水〉、〈愛情元素〉、〈蜻蜓之上煙花之後的遠星〉這些似乎與時間、天地融和的詩。」此輯共二十首，是我試圖超越國族、社會，探向宇外的足跡。〈四季融合〉說：「不必留住／任何一段特定的時光／春夏秋冬／不能融合在一株黃玫瑰／卻能融合在你一念之間」。〈楓樹鳥巢〉說：「忽生忽死忽死忽生的輪變／我全程目擊／原來生與死是毋需分辨的」。

第三輯名「藝感」。藝術是我至愛，這些詩記錄了欣賞藝術品時的感受。有歌曲、琴曲、交響樂、戲曲、舞蹈、木雕、牙雕、石雕、銅塑、陶塑、油畫、中國畫、數碼繪畫、裝置藝術等。三十多首，大部份寫加拿大藝術家的作品。

第四輯名「浮游」，這十幾首主要是外遊時所見所感：本國、外國、香港、澳門，以至於夢境。十多年來，我踏足美國起碼有十次，現在才發覺，紀遊詩只寫出過一首，就是已編入「宇外」輯中的〈大峽谷〉。為甚麼到了美國靈感就不來、詩興就不發呢？還是主題太大、內容龐雜以至於難產呢？

第五輯名「貓悼」，這幾首是對家貓Scott的悼念。

妹妹《梅嫁給楓》分上、下兩篇，每篇之中，詩作也是依寫作先後為序。

上篇名「嫁接」。植物學上的「嫁接」，在人事上就是「出嫁」。我覺得，我們這些移民，相當於從娘家中國出嫁到夫家加拿大。一旦宣誓入籍，就成了「華裔加拿大人」。民族變不了；國籍卻改變了，身份特殊，心態也是特殊的。既然自願出嫁，不是「搶婚」，就應一心一意以夫家為家，忠於加拿大。當然不應做「臥底」了。

華裔帶來原有的、特有的中華文化。中華文化因其深厚，多糟粕，我們必須努力廢棄；中華文化因其深厚，也多精粹，我們必須盡量發揚，使之融入加拿大，成為年輕的「加拿大文化」的一部份。好在，加拿大是以多元文化為國策的國家；迄今，獨步於世界上。

我曾說：「許多華裔同胞擁護多元文化政策，目的只在於使自己的中華文化得以生存和延續。這種被動的、作客的立場，與中國『娘家』的同胞沒有兩樣。我以為，既然身為加拿大公民，身居此地，就應該反客為主，站到『夫家』加拿大的立場來。除了吸收其它文化的精粹外，應盡力使我們所來自的、熟悉的中華文化的精粹，融入整個加拿大，成為加拿大文化的一個組成部份。從而使年輕的、成型中的加拿大文化，更加豐厚和優美。」（摘自〈何思撝甲骨文書法展前言〉，1997年3月）

由於身份特殊，我們這些「華裔加拿大人」的思想感情也是複雜的、多樣的。上篇「嫁接」的內容也特別豐富，共一百二十多首，主調是「嫁給楓的梅」的眼所見、耳所聞、心所感、腦所思。有對先僑的緬懷、風土人情的描繪、歷史回顧、南鄰的侵略、對華裔帶來的糟粕的批評、歌頌國鳥、為運動員打氣、歡呼其勝利、欣賞其體育精神、反省中華文化、對比經歷與現況、對所在地的熱愛、自發的愛國感情、嫁接的感受、對第一民族（原住民、印第安人）的同情和友誼，等等。

　　此篇中有兩首值得一提：寫於2009年春的〈自由自在的心〉，比較清晰地自述作為一個華裔加拿大人的心境：「臨老　我從新獲得／童年時誰都有過的／自由自在的心」。另一首是朗誦詩〈一朵罌粟花的聯想〉，2010年秋應加拿大華裔退伍軍人協會之請、蒙李錦濤先生推薦而寫，以供國殤日紀念會上朗誦。每年國殤日，全國無數大大小小的城鎮的紀念會上，有詩朗誦的傳統，一向都是英文詩。2010年溫哥華開始朗誦這首中文詩，是破天荒之舉，我感到榮幸。寫這首詩，我遇到從未遇到過的限制和困難，總算及時完成，還自覺寫得不壞。

　　下篇名「最痛」，共三十六首。我在《新土與前塵》的〈自序〉中曾說：「國族、愛情、藝術，是最痛我心、最傷我心、最苦我心的事。」可知所謂「最痛」，寫的是「國族」。我又在該詩集的〈自跋〉中說：「國族、愛情和藝術，仍是終生纏身的三隻冤鬼，不請自來，揮之不去。其中『國族』更為複雜，重心由娘家的中國、華族，轉到夫家的加拿大、各族裔來了。」

　　加拿大早已是個民主、自由、人權、法治的國家，縱有令我痛心的事，也不至於「最痛」。我以「外嫁女」的角度回看娘家，與出嫁前大不相同，在主觀感情之上，加上客觀的理智。往往不自覺的採取普世的宏觀視野，而不會是狹隘的「國家至上、民族至

上」，更不會是愚昧的「政府至上，政黨至上」了。表現在詩作上，有愛之深責之切的激動，也有恨鐵不成鋼的悲憤。到底自己原本就是出生、成長在那裏，五十一年恩義，有無法割斷、也不應割斷的千絲萬縷。即使是諷刺，中國傳統詩學就分「美」「刺」兩種。自問每一首都出自真心和善意。如何證明是真心善意呢？一言難盡？一言可盡。就因為「最痛」。打在娘身，痛在兒心。

要感謝下列書刊的編者，讓我的詩有發表機會，憑記憶，大致依發表先後為序：

加拿大：加華作家季刊。白雪紅楓詩文集。星島日報·加華文學。星島日報·新天地。松鶴天地月刊。星島日報·剪虹集。筆薈。世界日報。環球華報·加華文學。環球華報·楓林筆薈。加拿大國殤日紀念場刊。

香港：詩網絡詩刊。香港文學月刊。呼吸詩刊。文學世紀月刊。城市文藝月刊。「創造未來」世界巡迴展。恢人看世界。

牧人聲聲惜。圓桌詩刊。

澳門：湖畔季刊。中西詩歌季刊。

新加坡：五月詩刊。新華文學季刊。

馬來西亞：爝火文學季刊。

菲律賓：世界日報·文藝。

中國大陸：詩林詩刊。

台灣：乾坤詩刊。

還要感謝漢學家王健教授和黃聖暉女士，為我的三首詩作英譯。

我以往的書，序文都是自己寫，從來沒有麻煩別人。這次我提議把瘂弦先生寄我的兩封有關的信合併，名之為〈兩封信〉，置諸自序〈十年詩〉之前，作為代序，蒙俯允，感到榮寵。

這兩本詩集，可視為我在二十一世紀第一個十年詩創作的成績。與上個世紀所作相比，除了內容相異，自覺風格也有不同，自

己也不知是進步了還是退了步，還望高明指點，能在下一個十年寫得好些。

韓牧

2011年7月，加拿大烈治文，美思廬，環保多元角。

附記：本書封面照片，採用我在加拿大所攝，冬季的冬青樹；封面書名也是我親題，行書，參古隸筆意。封底個人照為勞美玉攝。

CONTENTS

第一輯

情
緣

你含蓄而清澈
卻難以見底的眼神　以及
唇尖偶爾一下顫動
以及沉默
我無法藉此去定義愛情
只是我發現了
三種同時並存的元素

——〈愛情元素〉

愛情元素

1

面對著你
我面對著那一尊大理石雕像
維納斯　在二千年前

短髮覆蓋著不斷與我交流的電波
我細細品味這柔潤而帶剛爽線條的
顏面的輪廓
直鼻　薄唇　深邃的雙眼和眼線
上唇起伏的後面
藏明快深刻的人中
渾直的頸　圓厚的雙肩

隱然而起一對睡火山
堅挺而富彈性
其下是跌宕有致剛柔難分的丘陵
寬厚有力的高原的中央
有精緻的一個小凹窩
是泉眼

半裸裙裾重疊著柔情
能半透視的雲霞的皺摺

遮住了卻還能看得出
渾圓　滑膩
用視線可以撫摩

最後的頓挫仍在遮掩之下
頓挫是修長的豪壯的勻稱
直到偶然裸露那細密的趾尖
洩露出我細密的感覺

這一尊　可以容納我與日俱增的
愛慕與呵護　又樹立成形
從腳到頭
不是呆呆的直直的站立
而是可堪玩味的一折又　折
不能增減的
三次的頓挫

這是藝術的愉悅　還是算愛情？
兼崇高與優美
是這麼隨意的站立在
與主體連成一體的
一個薄薄的石的底座上

2

底座　是其厚盈尺
或硬或軟的床褥　或方或圓

脫盡毛皮　在野地野草上
黃土上　沙漠上　冰原上
深海無人知曉的角落　陽光不到
或者林梢　半空　藍天上白雲裡
在黑夜　黎明或者黃昏　以至日午

是鳥　是魚　是昆蟲
是頭尾相接不停凌空打轉的蜻蜓
是貓就叫
是鮭魚就頭崩額裂
是孔雀就開屏
是螢火蟲就發放最後的螢光
是鴨嘴獸　是蛙　是企鵝　是蝙蝠
是鯨魚或大象
或者如你我　一雙雌雄莫辨的華南虎
從無情到亢奮
有意或無意　自覺或不自覺
為了延續下一代或者不是

又溫熱又滑膩的肌膚
從全裹到全裸
從耳鬢廝磨　到纏綿繾綣
從輾轉反側到不斷重覆的摩擦
那種不相悅時是最大的侮辱
而相悅時是最大的交歡
分不出誰是主動誰是被動
分不出升上仙境還是被置諸死地

極大的痛苦的極大的快感
直欲從　獸
帶著人性直射向神域
那絕命的嚎叫

這是動物的性欲　還是算愛情？
熱汗變涼
顛倒了的衣裳喘息在
不成底座的凌亂的床褥

3

床褥原來是蓮座
半露胸懷的觀世音端坐其上
莊嚴慈悲的面相　把一切
從最底層　越過厚積的紅塵
向上超升
超越了感情和智慧
超越了動物和人
超越了性和藝術

面對著你
我面對著這維納斯女神的
冰冷古硬的大理石
你在我的腦和我最敏感的肌膚和我的心
同時是一頭
壓抑著火焰的雌虎

同時
擺脫一切羈絆飛升到
想像不到之處的蓮座
無所謂美　醜　悲　歡

愛情是從人的歷史開始的嗎？
從史前開始
從人開始
我就用我的腦　肌膚和心
去理解　感覺和感應
經歷濛濛混混　渾渾沌沌
昏昏沉沉　不醒也無睡無夢的無限的悠長
自前生到來生

你含蓄而清澈
卻難以見底的眼神　以及
唇尖偶爾一下顫動
以及沉默
我無法藉此去定義愛情
只是我發現了
三種同時並存的元素
雖然都是稍有混雜不能截然分清的

二千零一年秋，加拿大烈治文。

我倆的第五睛

2002年4月17日，入黑，與妻到烈治文西海岸，觀金、木、火、土、水成一直線，歸家後成稿。這所謂的「五星連珠」，上一次在1940年2月，下一次在2040年9月，相隔恰是百年。

來到太平洋的邊緣
落日的餘暉橫立海平線上
一條橙色的長帶子
海面閃動幽亮的藍光

深邃的寶藍色的天蓋
一彎金月何以特別明亮？
右側　閃著白光是巨大的金星
左側是木星　透著黃光

金星木星向我打眼色
向我烏亮的雙睛
回想上次連珠在一九四零
我未足兩歲的無知的一雙
應該在等待
十光年外　你那新生的一雙

十年　只是一瞬
暗紅的火星
把深藍的天蓋擠破而出
這灰黃的　應該是土星

四星連珠了
海風中我倆並排仰望
四睛連珠
你說你見到海平線上
若隱若現有微弱的
水星　這第五珠
我極盡目力　怎麼也見不到

期以百年
遙想下一次
二零四零年九月的星空下
你九十歲的雙睛
我一百零二歲的雙睛
四睛連珠仍在這海岸
還是在溫暖如你的手心的
枕上？　冰涼如這海風的
地下？　還是一雙在小睡時
另一雙已長眠？

唯一可以肯定
水星　仍然載浮載沉在海平線上
仍然是你見得到　我見不到的

似無而實有
我倆的第五晴

雙渦的梨

沉沉的水晶梨開始黃熟了
在後園我倆手植的樹上
看　這個的底部不是一個
竟然有兩個　深深凹下的梨渦

想是今春暴雨來襲時
有兩朵白梨花互相偎倚
當花瓣落盡　依然合抱
並蒂的花心圓大成果

中秋了　月圓了
你摘下遞給我這飽滿的黃水晶
我的追憶把它剖開
檢視我倆邂逅以至結合的過程

2002年秋

母親的名字

我用母親的名字
作為我的一個筆名

人死留名　豹死留皮
皮　應是斑斕彪炳的
名　應是美德善行的

中國廣東中山的鄭展怡
永遠活在親友和兒女的懷念中
永遠活在孫兒孫女的懷念中
但兩代以後呢？

鄭展怡這三個字
是香港荃灣華人永遠墳場
石碑上雕刻去掉的部份
那凹下的陰紋字
紅漆剝落

只有當傾斜的陽光或者月光
照到　或者黑夜裡偶然有一閃電光
才能隱約見到
藉著陰影洩露出的形體

實有的形體那肉身
造就我的骨肉髮膚
而又養我教我　那肉身
在石碑下的棺木中
四十二年前已開始腐化

三個陰紋字任海風輕撫
空對日月和星輝
直到不知何年何月何日何夜
突然山崩　水淹
雷殛　或者地震

秦漢隋唐碑刻的書法
石材堅硬卻難以永存
最後只剩下
陰影的陰影留在柔軟的紙張
模糊的反白

藝術精品為人們易見的
是仿製品　是印刷品
原作或者已毀　已失
或者珍藏在博物館的密室
偶然露面

正如在世僅五十二年的鄭展怡
偶然露面於二十世紀上半葉
我的生命藉以應運而生

我安頓母親的名字
生存於紙張
以及比紙張更柔軟的空氣
飄向永恆的邊緣

2004年夏

千羽鶴

忽然記起四十年前那一千隻彩色的紙鶴。

那一千隻紙鶴，是多少千次的摺疊，經過你的手。摺疊時，
每一次摺疊時，是想到了我。目光也許停在紙上那摺痕。或
是目光茫然。望著已經摺好的那一些。或者望著那一疊彩色
的、你準備要摺成紙鶴的那一疊彩紙。

海軍裝的中學女生，心裡總是想著我，一定是想著我。不知
多少個日日夜夜，想著我的同時，想著一個願望。在課堂。
在同學的祝福裡。在家長的擔憂裡。在自己的迷惑裡。在課
餘，雪山上溜冰的當兒，或者在家居的窗戶望出去，你家那
一片嫩綠的茶田。你想著的是香港高樓上的我。

千羽鶴，用線串成一串。用一個你親手造的硬紙盒封好。我
也確實點數過，是一千隻。盒子的硬紙先用銀色的紙貼好，
又用金色的紙，剪成我的英文名字；又剪了你的名字，權田
春子的羅馬拼音字。貼在盒面。金，最華貴又最堅貞，不會
改變，不怕紅爐火的象徵。

是一個願望化成的那一千隻，那用金字銀盒保存的一千隻仙
鶴。從日本國、愛知縣、寶飯郡、一宮町、足山田字西川，
南飛，飛到香港、九龍、土瓜灣、馬頭圍道、七喜大廈來
了。四十年後的如今，在哪裡？消失了。

但那一個願望，因為是願望，不能達成的願望，所以這個願望是永遠不會消失的，在你的心中，在我的心中。但是，願望所寄居的心臟一旦停頓，願望也就隨之消失。願望以及代表願望的千羽鶴都永遠消失，隨著我二人生命的死亡。

我在我的心臟還在跳動的這一刻，趕緊寫這一首詩，手稿存放於某一個圖書館的參考部珍藏著，感情，藉藝術而永生。

這一首詩的影印本，印刷本，一千個複製品藏在一千個圖書館裡，避過水，避過火，直到你我都成灰塵。灰塵都已消散，這個因摺疊一千隻紙鶴應該達成而又終於未能達成的願望，永遠不消亡。在地球上的那些書架上，紙張發黃了，脆了，但又給轉移到電腦的屏幕，以及不能預知的，某些比電腦更先進的載體。

千羽鶴，永遠在愛知縣與香港之間，飛翔。

2004年10月25日凌晨，零時一分，夢醒，起床速寫。

短袖圓領黑底碎花的短衣

最近常常記起　那一件
短袖圓領　黑底碎花的短衣
短袖之下　一雙潤白的手臂
圓領之上　一雙大眼睛
一個抿嘴斜視的媚笑
似青澀　又似成熟
似著意的主動　又似是無心的

我問：天轉涼了
為甚麼穿這一件短衣來呢？
你說：知道你心情不好
這是你唯一讚賞過的衣服

記得那個有遊樂場的海角嗎？
海角之上那陡斜的山坡
星空下
山坡上的小石子們
壓傷你的短衣　壓痛你的背

記起冬夜的鬧市我佇立街頭
枯守一個不知道算不算約會的約會
直到午夜　短衣沒有來

寒風中我沉吟出《寒風》
第一首情詩

說好的　真的是最後一次見面了
約我　在一個陌生的斗室

還是那一雙潤白的手臂
那一雙大眼睛
還是那一個抿嘴的媚笑
不是斜視　卻是正視的
短袖圓領　黑底碎花那短衣
在你的胸前

是四十二年還是四十三年之前呢？
那一夜特別長　熱騰騰
一桌從未見過的盛筵攤開
死刑之前　我沒有胃口

我凝視著那些黑夜裡的碎花
落在椅背上　我凝視著
這沒有天亮的黎明

是四十二年還是四十三年之後呢？
應該是一頭灰髮了吧
還是染了時髦的棕黃色呢？
依然居住在那個
遊樂場早已結業而寒風仍在的城市

還是移民了？
那時就聽說你要移民美洲了
會不會就生活在同一個城市呢？
移民　是騙我的嗎？

那一夜你說過的
今生無緣再見　期以來生
現在　來生越來越近了
可以預支來生的配額嗎？
來生　有那一件短衣嗎？

2004年10月25日，晨。

那一條金頭髮

一條頭髮
是甚麼時候
跌落我汽車的座位下
我墊腳的地毯？
黑而帶黃
部份已經變灰白

想起許多許多年以前
像前生一樣的遙遠
某一個深夜　人去後
還留在我書桌上的
一條金頭髮

太幼人細　應該是看不見的
躲在小瓷瓶的燈影裡
瓶口開了幾朵　永不凋謝的
藍色的塑膠花

一定是太湖上年輕而嫻雅
黑緞一樣綿密的夜空
當中有一絲　偶然變異
早熟成金色的曙光
又偶然脫落

是夾在那一本草青色的處女詩集麼？
還是哪一頁輕盈欲飛的信箋？
還是幾十年不敢再打開的
一個藍紙襯底的小信封裡？

老去的眼睛記不起來了
而不肯老去的心看得清楚
那一絲微弱的金光仍那書桌上
沒有變灰白

2004年秋

這一片葉脈

偶然發現
我汽車尾箱的角落
一頁廢紙夾了一片葉脈
已經開始乾裂

應該是三年　或者四年之前
在植物園的冬青徑中
拾到的
應該是一片離枝的秋葉
飄落在潮濕陰暗
厚積如浮泥的敗葉層上
冷雨昇華了肉體

精緻的脈絡　精密的組織
示我輸送水份和養料的體系
脆弱卻完整
如我體內的動脈靜脈
滿佈全身的微絲血管

想起童年
選形狀和大小合意的落葉
浸泡水中不知要多少個日夜
多少的看顧和期待

最後剩下葉脈　成為書籤
當我眼睛倦了　闔上書本
它在黑暗中默默期待
而我　也一定再來

而你
是朕下江南時
偶然驚艷的一個美女
一瞬歡愉　之後
是無期的期待
在朕記憶之外的冷宮

2004年秋

亡友的筆名

舒巷城早年有筆名「秦西寧」

海外歸來找到「香港電影資料館」
但館員說：「館長退休了」
電影只是電動的影　我不看

悵然的秋雨的午後
陌生而嘈雜煩擾的街道中我尋找歸程
我唯一認得的
是不變的電車路

街牌說：太祥街
街牌說：太康街
街牌說：太安街
一座巨廈突然出現：
「西灣河文娛中心」

同時蘇醒了
一個地名一個筆名：
「西灣河太寧街──秦西寧」

舒巷城的「太寧街」呢？
舒巷城的鯉魚門的霧呢？

走進文娛中心去問路
職員伸手向一疊吊著的小地圖
撕下一張遞給我
又往門外一指

地圖上的字體太小了
地圖上的建築物太多太密了
湧動的人頭堆中有一頂啡色的帽子
是交通督導員　我問他
他猶豫一下　向前一指

但那條只是「聖十字徑街」
不負責的傢伙
擁塞的人群中有一角地產公司
坐著辦公那婦人指示我要走回頭路

白底黑字的街牌被雜物遮掩著
「太寧街」　意外的低矮
冷寂而短窄
而盡處不是海　竟然是山
鯉魚門的霧呢？

海　總應該在與山相反的方向
我回望電車路
一座三四十層高的大廈正壓迫著街口
八十年前的海浪變洶湧的車流了

也算是懷舊嗎？
我從未見過鯉魚門的霧
我從未見過這一條「太寧街」
我懷的舊只是亡友筆下的小說
我懷的舊只是亡友口中的童年

我只是偶然記起
亡友早年的筆名

2006年11月25日，香港，西灣河太寧街。

紅月流星之願

落日的反照仍在西天
你說要出門看星星

月亮
原來已降到屋群之頂
炫耀卻沉默
從沒見過如此金黃的巨月

金黃而巨大的滿月並不稀奇
而它不是滿月
它在新月與半月之間
三份一　今天是初五

巨月　越是西沉越是明亮
我駕車急駛　向西海岸
我要看看月亮如何落海

海岸的天蓋已全部黑齊
月亮呢　隱隱　暗暗
變成了深紅色
見所未見聞所未聞的
紅月　在水平視線之下

你問我
頭頂上的星座是不是獵戶座
我抬頭
一瞬間一道刺目的白光劃過
大於拳頭一團流星
拖一條幾十尺長的光尾
向南一掠而逝
在頭上四五十尺的低空

許願　是來不及了
如果時光倒流　流星等我
我的願望也就如此：

我倆有緣再遇
一齊見到紅月落海
一齊抬頭
一齊見到頭頂上巨大的流星

2008年8月5日，農曆七月初五，夜，十時半，太平洋東岸，
加拿大烈治文，稿成。

無形的交流

你開口
已無聲音
無盡的話語
只能用眼睛說

那一晚
你睜開眼睛
看不見
也說不出話了

你伸手
摸索到她的手
緊緊的握著

這一握
就表達了一切
她領會

當心跳停止
這一握
也就突然鬆開

眼　耳　鼻　舌　身
之後
肯定
還有一個「意」

在你倆之間
將永遠地
作無形的交流

後記：見呂永嫻女士悼念丈夫羅鏘鳴的文章《The One Touch》
　　　後，感動作此。

2008年9月6日，烈治文。

初戀永恆

渥太華來的電郵說：
住處背後就是Paul Anka路
後窗對出　緊貼著
他的故居和Diana的老屋
Diana如今是個胖胖的老婦人

加拿大國寶歌星的初戀
響徹英語世界的天空
潛伏在千萬人的心中

初戀永恆

她
又與我的第一個她
有相同的中文名字

另一個
不知叫甚麼名字的
她
在每天清晨的健康舞中
舞姿　神情
與我的第一個她
竟然是完全相同的

初戀永恆

2008年10月9日凌晨4時，夢醒，起床速記。

不可方物的美少女

（1）

近年我遇見過
兩個超清純的美少女
「驚艷」「生平未見」不足以形容
總之　不可方物

那一個黃昏在澳門
乘巴士逛陌生的新區
嚇然入目一個招牌
五十年前的中學母校的名字
這分校是小學部暨幼稚園

立刻下車　走上樓梯
迎面是匆匆放學的小校友
搶著下樓梯吱吱喳喳
人叢中一個美少女
不可方物

她是教師
她帶我這個老校友上樓參觀
然後送我上回程的巴士
依稀　她姓鄭

（2）

第二個不可方物的美少女
是烈治文一家銀行的接待員

（3）

她倆的清純美
是五十年難得一見的
而我有幸兩見

如果是在五十年前
我會貪婪的細看偷看甚至想到
結識和結婚

而五十年後的現在
貪看和多想是對愛神的褻瀆
是祖孫亂倫

美人如名將　紅顏多薄命
太香的花一定惹來太多的蜂蝶
惹來太多的煩惱

第一眼　我就誠心祈盼
盡早遇上英俊有為專一的少男
愛慕的　不單是不可方物的美貌

2008年10月11日，清晨醒來。

自由自在的心

昨天　陽光猛烈
我趁機會大量吸收維他命D
強壯我的老骨頭

今天下雨　清涼舒服
花花草草有了雨的滋潤
轉晴時　才會開得更美

如果明天下雪呢
我又可以欣賞　那些被移走
但捨不得我的　雪的風景

鄰居的男童們　女童們
又再穿起紅橙黃綠的厚衣服
在門前嬉戲　追逐　打雪戰

北方　剛好換了輕裝的山嶺
從新戴起一頂頂白帽子
繁富的層次　顯示著雄偉

似乎不論天氣變得如何
我都是愉快的
似乎愉快　都只源自內心

我不是佛　也永遠達不到
不受外界影響的道行
我愛恨分明　熱情衝動

好在　這一個外在的環境
清朗　簡潔　透明
公開而公正

好在　我得到了
作為一個人的天賦權利
自由地去思想　自在地去用情

臨老　我從新獲得
童年時誰都有過的
自由自在的心

2009年4月2日，加拿大烈治文

"Carefree Heart"

by Hán Mù   Translated by Jan Walls

Yesterday the sunshine was scorching
so I went out and absorbed a lot of Vitamin D
to strengthen my old bones.

Today it is raining, cool, refreshing comfort
flowers and plants are nourished by the rain
and when the weather clears, they will look even lovelier.

And what if it were to snow tomorrow?
Then I would enjoy once again the snowscapes
that were taken away but were loathe to part with me.

The little boys and little girls in the neighborhood
could once again put on their multicolored winter clothes
and chase each other throwing snowballs in front yards.

In the north, mountain ranges already donning spring outfits
could once again put on their white headgear,
magnificence revealed in so many levels.

It seems that no matter how the weather may change
I'm happy with it.
It would seem that happiness just comes from the heart.

I'm no Buddha, and I could never achieve the status
of a truth seeker unmoved by external events,
I love and I hate, and I'm passionate and impulsive.

Thank goodness my external environment
is cool, bright, crisp, clear and transparent,
open to the public, fair and impartial.

Thank goodness I have gained
an individual's intrinsic privilege
to think freely, to express myself without restraint.

As old age approaches, I acquire once again
the carefree heart
of the childhood all of us once had.

April 2, 2009 in Richmond, BC, Canada

同台之緣

2009年9月18日，訪中國現代文學館，聽陳建功館長說，北京正有一新編話劇，是演馮至的。霎時間挑起我的懷念，即成此稿。

二十一年前北京的寒冬
那一握　熟悉的您的
陌生的手掌　溫暖而溫柔

我的錄音機已在等候
「請您親自朗誦幾句詩好嗎？」
您說：「今天不可以了」

當時的對話　以及
您溫暖而溫柔的音容
現在已經進入歷史

我沿著文學館的池塘邊漫步
逐一細認已故詩人的塑像
但找不到您

人生　本來就像演戲
您演完了　上了歷史舞台
繼續演　在我們的戲中之戲

戲中之戲　虛中之虛
何時　我有幸再走到您的面前
再感受您的　溫暖而溫柔？

一群詩友的名字

每逢見到詩友的名字
總感到親切

有緣在地球上同一個城市
活躍在同一個時期
有共同嗜好　有集體回憶

常見面的以至未曾見面的
相識的　以至不相識的
數目近百的詩友的名字
常在我心中

我知道每一位的詩風
和所透露的性情
從他們的詩中

不論在學院身為教授
在工廠身為雜工
出版社老闆　酒樓經理
長期貧病交迫的失業漢
每個黃昏等菜市場收市
拾取爛瓜殘菜的拾荒者

不論天生儒雅的君子
還是憤怒青年一直進展為
憤怒中年　憤怒老年
更不論名氣和詩齡

大學禮堂　文化中心　演講廳
校園　廣場或者狹窄的小室
一個個詩的聚會上
詩人平等　有同等的發言權

各自努力走自己的道路
一百個詩人
就有一百條不同的道路
其間有併合的
也有永遠不相交切的
而希望到達
是同一個目的地

就算我患上老人癡呆症
這一群詩友的名字
我不會忘記
它們在我心中而不是腦中
是超乎記憶的

2011年1月，加拿大烈治文市。

宇
外

不必留住
任何一段特定的時光
春夏秋冬
不能融合在一株黃玫瑰
卻能融合在你一念之間

—— 〈四季融合〉

蜂巢

微微顫動
彈性的花枝懸起一個
史前的陶罐

灰藍混和著泥黃
明麗卻含蓄
古典油畫耐看的顏色

流暢的筆觸斜繞著球面
旋轉之後
烘焙　陶罐成形

小小的圓洞口　進進出出
那些黑白相間　晝夜相間的
探訪花心的小精靈

天的灰藍　地的泥黃
史前祖先塑自己的居所
甜甜的　渾圓自足的宇宙

歷史　是日漸冷卻的陶窯
宇宙失傳

在我們這一代

2001年7月19日，在詩友後園偶見一蜂巢，美。

河灘寂靜

蜂魂

壓在告示牌的透明膠板下
斷翅的
像一隻標本

想是密得像籠的
藍草莓花
使你迷失了回巢的路
偶然你見到這一幅地圖

你尋到了
上了螺絲又上了鎖的
這透明膠板上
有一個小孔

潛進地圖
尋遍了　也不見有蜂巢的標示
在緊窄的膠板下亂闖
又找不到剛才的入口

太陽　星辰
隔著透明膠板你看著

夏天漸漸遠去

別人手繪的地圖我不相信
我只相信我自己的雙腳
你也應該相信
你自己的翅膀

四季融合

好像要留住逝去的夏季
鐵絲網上
兩朵黃玫瑰無視秋風
竭全力去開放
抵抗　躡足而至的冬

葉　已一片不存
這幾個殘存的小花蕾
還開不開？
還是　開不開？

原來粗粗細細的棘枝上
已佈滿著比芝麻更小的葉芽
嫩紅
向我洩露春天的消息

誰說春天走了？　這青青的草地
誰說不是夏季？　這溫熱的陽光

河對岸落盡了葉
乾乾濛濛一把把楊樹說：
已經是深秋
遠林後一列高山
因昨夜的一場初雪白了頭

不必留住
任何一段特定的時光
春夏秋冬
不能融合在一株黃玫瑰
卻能融合在你一念之間

銀鳥疾飛

只有我倆的鞋子
踩著河灘潮濕的草地
太陽沉默

對岸山嶺一層灰灰的薄雪
風靜
秋林不再耳語

不知多少年前
老死或者夭折的樹
橫橫直直躺在沙灘
白鷗　休息其上

漣漪溶和淡淡的天光
潛入感覺
如潮汐

唯一的聲音
發自我自己的耳腔
如某一個夏季眾蟬齊鳴

沙灘上凌亂著腳印
大人的　小孩的
大狗小狗的
我歡樂的回想

眼前掠過
從沒見過的一對大鳥
閃耀著眩目的銀光
貼著河面疾飛而逝

河灘寂靜
我聽到銀元互撞的聲響

加拿大烈治文、麥冬納灘（MacDonald Beach）。

秋到至深處

葉印

一地零零落落的
棕色的落葉
楓葉　橡葉　樺葉
在這灰白色的水泥小徑

不是落葉　是落葉的印
連綿的雨點打印而成
雨停　地乾　風起
眾葉飛走

似凌亂卻疏密有致
大大小小
完整的　殘缺的　蟲蛀的
葉脈分明或者含糊的
半透明的　半抽象的
耐看　卻無人關愛的版畫
被無情的行人無意的踐踏

這印痕
記錄了春的無知
羞澀　互相試探

夏陽中吸收絲絲的溫暖
搖手而歌
歡欣同時心傷
然後變金黃
放盡了積存的能量
葉柄鬥不過秋風
永不癒合的離枝時的傷口
葉　沒有冬天

葉是沒有了
我珍惜　仍然清晰的
棕色的印痕
如棕色的舊照片
這最後的遺像

想雨再來時
葉印沖刷得了無痕跡
但這一瞥
已轉印入我的心中
具象而抽象
如少年時那一段短暫的情緣

禿枝

我從懂得人性開始
就想尋找一種所有人都喜歡的
東西　人之所好各異

後來總算找到了：
花

熱帶的　寒帶的
高山的　海岸的
春夏的　秋冬的
沒有一種花是惹人討厭的

這些坦露的　張開的
各有各的美態
植物的性器官

動物的性器官呢？
怎麼也說不上美
所以都是隱閉收合的

春花鮮豔
總不及秋葉的璀璨浩瀚
這些年我已不愛淺薄的春花
愛上悲壯的秋葉

而現在
我最愛落盡了秋葉的枝幹

花是庸俗累贅的首飾
葉是衣服

枝幹是坦蕩之軀
原始而透明

從出生到童年
以至成長和老邁
每一次轉折分歧
伸長以及受傷
陽光風雪
順利或者艱辛
重溫每一次的經歷
迄今為止的完整的歷史

落盡了葉片的枝幹
向上書寫著四度空間的宇宙
醞釀著另一個春天

鷹巢

巨樹
突出在眾樹之間
秋盡　葉落盡
你才驚見
高枝上卡住了
太陽的影

你不知道這巨樹是甚麼樹
也許是楓　也許是椴

巨幹繁枝掩蔽了一大片天空
卡住的不是太陽的影
是我的巢

我不是雪雁
居無定所
我不是麻雀
隱藏在常綠樹的濃陰
我不是燕子
寄居在人家的屋簷下
我不是海鷗
避開人世
築巢在無人知曉的地方

這高枝
獸攀不上　鳥飛不到
秋盡　葉落盡
我坦露在你視程之內
射程之內

我一眼就總覽了太平洋
我站起　如雕像
我目擊著太平洋的彼岸

2001年12月，加拿大西岸，太平洋畔。

極目那一灘浮閃的陽光水

海畔昏昏
淡灰而靜穆的海面
深灰的雲天
不是黃昏　是灰昏

極目海平線
一灘浮閃的陽光水在極遠
龐大的深灰雲的後面
不見夕陽

閃閃　是黑洞的出口
空間的盡處是時間的起點
閃閃不定是倒數的回憶
有清晰的嬉笑
盡處的盡處　有啼哭

頭上飛過一隻烏鴉
停佇
在似乎伸手可到的一段枯木
枯木橫躺在沼澤的海畔
烏鴉　如現代剪紙

再望極遠處
那一灘浮閃中
飄飄的有一個黑點
該是一隻白色的海鷗
乍隱乍現
在雲　與光　與水之間

現代剪紙仍呆立枯木上
偶一側身
鴉背一顯頓成白金
遠近黑白的移視間
空間時間錯亂

閉目之後　我極視
視線如無聲的漣漪
輕波浮去
黑白難分光暗難分
擊中那一灘浮閃的
記憶的源頭

稍一猶疑　就越過了
向下　向下
繞過弧面的海洋順勢登岸
平原　山丘　湖泊　城市
森林和沙漠

我的記憶混和了想像
前伸又橫伸
如耍太極
輕柔地伸張劃圓的手臂
虛虛地擁抱著
一個極大的球體

2002年1月，加拿大菲沙河口，太平洋畔。

蜻蜓之上煙花之後的遠星

一隻紅蜻蜓
迂迴翻飛在夏日的下午

蜻蜓之上的半空
稀薄如紗的白雲
千姿百態地流動

其上
我的視覺穿射向遠距離的高天
天頂上
厚積的白雲是古典的
不流動的永恆

其實　是永恆地在流動
在我感覺以外
作最豐富的姿態

最豐富的姿態其實在黑夜
沒有一雙眼睛不愛看的
那又稱為燄火的燦燦的煙花

看來　更為短暫的
是其外的　一瞬間

那一陣時間以外的流星雨

而我側目
青眼向天邊迷茫的古典
億萬光年為單位的
混和了廣渺的空間與長久時間的
那最微弱的
遠星

2002年8月9日

靜觀二首

池畔

池畔有白樺垂向池水
池中有反光的蘆葦
遠處一堆杉樹光燦而迷糊
令人目眩的
午後的陽光

而這一角池面　純黑色
倒影著
清晰的倒影

白樺的樹幹比雪還白
蘆葦綠得實實在在
杉樹林　有豐富的層次

身旁這四棵蘇格蘭松
密密的松針擋住了陽光
樹影投於安靜的池水
形成純黑色的鏡面

光處不明
暗處反而清晰

虛影　顯現出真形

光猛的太陽無法直視
它投影在我汽車白色的外殼
本相呈現：
一枚橙紅的金幣

雙蝶

白蝶　翩翩於空中
黑蝶　在地面上急行
相忙

突然白蝶飛降
重疊於黑蝶
相忙
而不相忘

2002年8月28日，溫哥華Van Dusen植物園中。

楓樹鳥巢

1

時近夏至在前園剪草
草地上有細碎的羽毛
淺灰色　抬頭
楓葉不密不稀迎風擺動
有一個鳥巢　不見鳥蹤

何處傳來吱吱的聲音
灰羽毛夾了些黃茸毛
看來巢中有新生的雛鳥

用望遠鏡在樹下仰望
又在樓上窗台平望出去
只見楓葉迎風擺動
有一個鳥巢不見鳥蹤

去冬楓樹葉片落盡時
是沒有鳥巢的
應是今春楓葉漸密時新築的
築巢　覓食　餵哺
一切為了新的生命

我守望了許多天　不見鳥蹤
再看草地上的灰羽毛
其實還黏附了一些鳥巢的泥土
是不是有過弱肉強食的搏鬥？
成鳥之死　引致雛鳥失養？
巢中有夭折的雛鳥？
生命不是開始　而是結束？

生與死　何其難辨呢？
悚然記起
此生曾經兩度在不意間
進出生與死的邊境

2

二十世紀七十年代初　某夜
香港大會堂音樂廳觀眾席
我安坐　沉醉於大提琴獨奏
來自海外的歐洲人
名字我忘了　也忘了曲目

琴聲緩緩帶引我移向迷離
我自覺浮游在生與死的邊境
新奇　有一點惶惑

琴聲時斷時聞　我鳥瞰
我自己正安坐在音樂廳的座椅上

平靜　沒有一點表情

琴聲停了　一切回復正常
三十多年來我常常後悔
沒有及時記錄這一首奇詩
其實當時茫茫然不能自主
事後追憶
怎麼也追捕不到奇異的當時

3

二十世紀八十年代末　某日
我安坐香港飛澳洲的航機上
扣好安全帶　假寐
半睡半醒在三萬英尺高空
耳畔是不斷的隆隆
眼前是大幅的螢光屏
隨時閃動又隨時更易
那些圖像和文字
風向風速　外界溫度的升降
我身所處與出發地距離的變化
我的時速的變化
我身與地球距離的變化
當下的時間
抵達目的地尚需多少時間等
總之是不斷變化著的
我在宇宙的座標

迷糊中我隱隱覺得
這是一次從人間移向天國的旅行
從生到死　從死　到再生
我們是安坐還是浮游？

十多年來我常常後悔
沒有及時記錄這一首奇詩
其實當時我一直執筆速記
卻只記下一大堆數字
描劃不出
人間移向天國
又回到人間的過程

4

聽大提琴那次是青年
年輕的心在迷漫中
被最抽象的藝術帶引

飛澳洲那次是中年
半睡半醒的假寐中
被最實在的科技數字帶引

現在步入老年
這楓樹上的鳥巢
無關藝術也無關科技
是生命開始還是結束呢？

5

這一株楓樹與往年不同
今年春夏之交
葉片由綠轉紅之際氣候突變
一場夜霜打過
全樹的葉片變鐵鏽變枯萎

然後有一天
鮮紅的嫩葉零星冒出
像枯草叢中綻放出紅花

忽生忽死忽死忽生的輪變
我全程目擊
原來生與死是毋需分辨的

2003年6月16日初稿，次年春修正。

哥倫比亞冰原

1

終於踏上
這片經歷了一萬年歲月的
哥倫比亞冰原
在新大陸的最高點
我仰天長嘯

浩蕩的平躺在雪線之上
默默承受降雪的重壓
我知道在一千英尺的冰層下
有隱隱移動的冰川

全因為這些凜冽的水源
聚匯成溪流
依地勢形成瀑布和湖泊
滾滾大河向各個方向
向森林　向草原　向牧地
向農田　滋潤著所有的生命

漫漫的流程的最後
向東的流入大西洋
向西的流入太平洋

向北的　流入北冰洋
一萬年沒有變

2

冰原下這冰河的邊緣
裂縫處有冰水匆匆地流
陽光下晶亮養眼的綠色
我把隨身的一瓶礦泉水倒掉
俯身迎接匆匆的冰川水

這一瓶冰川水　前身是
一百年前那一場大雪
一百年前的雪花
溶解在一百年後的塑膠瓶

密封　帶回家去
帶它看看現代污染的文明

面對著崇高　悠久　沉默
偉大而純潔的哥倫比亞冰原
我不敢仰天長嘯了
我跪下

2003年夏，加拿大哥倫比亞冰原（Columbia Icefield）。

大峽谷

2003年秋，遊美國科羅拉多大峽谷（Grand Canyon）， 在南緣崖頂，夕照中，突然意外飄雪。

這是地球表面最大的裂縫
壯麗的洪荒

我站在南岸岩巉的高崖上
視線向北飛渡
只一瞬
就抵達二十公里外的北岸
絢麗多變的斷層和台階之後
一列無盡的平如桌面的崖頂
在橙色的夕照中
忽明忽暗

誰可以見到時間？　我可以
這一條自東而西不辨首尾
深若無底的
蜿蜒的大裂縫
就是莊嚴的時間

小小的科羅拉多河
應該就在俯瞰不見的下方

本性至柔的水湍急沖刷
切割　切割了幾百萬年

南北兩岸遙遙相對而不見底
這亙古不變絕對靜穆
沉默如死亡

生命　在難以見到也不聞聲響的下方
幾百萬年不息的激流之畔
有白楊林　白鷺群　虯松
野鹿和大角羊
蜻蜓　蜥蜴和水仙花
岩刻是印第安先民的藝術
耀眼的紅花是仙人掌
一個充滿生機的熱帶

橙紅的夕照突然昏暗
沉沉灰白自天蓋壓到了岩頂
竟然飄雪了
越下越大的雪花飄落大峽谷

我匆匆潛入
我眼前最大的那一朵雪花裡
輕盈盈　向谷底飄降
我知道
從寒帶飄降到熱帶的中途
就先行溶化

這一滴冷雨
也許滋潤了草木　鳥獸　昆蟲
也許滴進了匆匆的激流裡
延續時間
延續已經流動了幾百萬年的
匆匆的永恆

當下的木香

停車在河隄上
打開車門
隱隱一陣草木的芳香

香氣從何而來呢？
這一排老橡樹
才開始出葉芽

也不是草的香　是木香
是這柏木梯級和欄杆？
湊近去聞聞吧

沒有　是已經發散出去
不再留在木上嗎？
梯級扶手新的鋸口　也沒有

地上厚積著去年的橡葉
乾了殘了　潛入土中腐化
滋養了自己

橡樹　梯級　欄杆　橡葉
泥土　天光與河浪

全融合了　輕風帶進了鼻孔

這木香　以前一直沒有發覺
是今天我的精神狀態變了？
客觀是不變的

誰說客觀不變？
當下的主觀與當下的客觀融合
合成這難以分析的當下的木香

2004年春

簾間的星

午夜，失眠，躺在床上仰望窗上的百葉簾，半扭開的。見到一粒星，全黑的天上就只有它，孤星，閃閃爍爍。

良久，我見到兩粒了。單起一隻眼，見到一粒；單起另一隻眼，見到另一粒。其實是同一粒。

當左眼開，右眼閉，左眼能見到，右眼，好像被薄薄的百葉牽簾遮住。反之亦然。當兩眼同時張開，就各自看到，因而是兩粒，分列簾片的兩邊。

風，微微的吹動，百葉簾稍稍位移，於是，時而一、時而二的游移於簾隙間的孤星，成為游移於簾隙間時而二、時而一、時而無游動的星。

當某一隻眼被簾片遮住那星時，兩眼張開，似乎見到一星，當兩眼都沒有被簾片遮住時，單用一眼，各自看到一星。若兩眼同時張開，則見到的是兩粒。

而這兩粒星的距離常常會變化：或貼附在一簾片的兩邊，或分列在一、二簾片的兩方，分離的。不固定，不可猜測，時而一，時而二。當天上的星從一粒增加到兩粒，更是難以觀察計算。

這關係到：兩眼的相互距離、眼與簾與星的距離、簾片寬度、簾片相互距離、簾隙的大小、風的大小、簾的移動、還有我的頭的移動和我的雙眼的視力、天上的雲霧。這全是科學家的事了。

總之，自己親眼所見，也不一定可信。

2004年6月24日，午夜。

河岸的絨球花

絨球花，是我根據其形態特徵杜撰的名字；英名White
Clover，屬「苜蓿」的一種，俗名三葉草。2004年7月8日。

我的車
停在河岸

這延綿一片白色的絨球
不就是我後園那種
頑強的雜草？

多少年了
今天才見到你本來的姿采
我一眼
就全覽了你完整的一生：

嫩葉　嫩枝
茂盛的枝枝葉葉匍匐又挺起
在薰風中搖晃

三片一組的葉子成熟了
葉面中央顯露出
粉綠的圖紋

綠色的初蕾
漸漸變成半綠半紅
開出白絨球的新花

新花漸老　由白轉紅
花落　結成小刀形的莢果
種子密集

回想你在我後園委屈的爬行
不見繁葉也沒有挺枝
白色的絨球還沒有開好
剪草機又來了
你永遠是不停的夭折

我的心
停在河岸

走進沉思

2004年12月，遊溫哥華Van Dusen植物園，無意間見到一個小拱門，進去，是「Meditation Garden」，沉思園。

石柱木樑一個小拱門
我走了進去

森森的綠陰包裹著
一個小圓丘
圓丘上矗立著巨杉
樹根處冒出白色的香菇

一尊大石　　立在巨杉旁
石縫伸出來羊齒蕨

我繞著小圓丘漫步
冬陽的光和影在我身上流過
泥濘小徑有前人潮濕的足印
杉果零落靜臥

巨杉在沉思　　香菇也是
大石在沉思　　羊齒蕨也是
泥徑　足印　杉果　光和影
都在沉思

只有這幾張石板凳
在旁觀
一朵橙色的杜鵑花
是今夏落剩的
在東張西望

這些年
經過這一帶多少次了
沒見到小拱門
今天才走進園中

糾纏不清的紫藤
春天　用微震的豐盛的新葉
夏天秋天用纍纍如葡萄的花串
迷惑我愛美的眼睛

感謝無葉無花的
疏落乾枯的藤蔓
感謝冬天

一滴孤獨的雨

黃昏，向西走，藍天白雲。白雲中的太陽，沒有了熱力，仍然是眩目的。在我注視太陽之際，一滴水，從天而降，掠過我的視線範圍。

分明是水，但一到地，就尋不出痕跡。這裡沒有樹，不可能是樹上的水滴，肯定是雨。

沒有同伴的孤獨的雨點，從來沒見過。見過的是細如亂絲的微雨；勢如亂箭的豪雨；或者淅淅瀝瀝斷斷續續的悶雨。

回望東方，天頂是鑲了白邊的層雲，像凝固的浪。明亮的，未到夏天而有夏天的感覺。是北美，卻像亞洲，亞熱帶的中午：浮在海平線上，雪一樣明亮的雲帶，凝固的浪。

遠處，天邊，隱隱有灰色的暗雲，似動非動的堆積起來。黃昏一滴孤獨的雨，向我預示，氣象台沒有預測到的，今晚夜的一場大雨。

2007年4月7日黃昏，烈治文。

夜天的月·晝的人間

今年中秋節前後的生活是多采的，因為忙，來不及記；今天
已經是農曆八月十九了，略為補一補吧，否則湮沒。

我的數碼相機幫助我記憶。我拍攝到一些早晨時份藍天上的
罕見的極厚的白雲。

還有是多彩的、入黑前海邊的落日，詭異的晚霞和晚雲，橙
的、灰的、棕的。淡白的蛾眉月，在淺灰天的桃紅晚霞間。
這晝與夜的界線，原來不是「線」，是一個歷時不短的一個
寬闊無極的「面」。大黑了，對岸機場的燈光亮起了，不知
甚麼時候開始的，比以前變得繁多而多彩色，反映在河水
上。我持相機的手，不夠穩定，拍到的是半抽象的，因而有
很大的想像空間。

八月十四的黃昏，美玉建議去吃越南牛肉粉；餐後，她又建
議開車向南走，到菲沙河南支的河岸。意外見到了美景。

西方的斜陽，在橙色的晚霞中，慢慢的沉下，回首東方，很
大但很淡的圓月，看來很慢、其實很快的升起，升得很高
了，其下是美國境內形如日本富士的名山，Mount Baker，被
太陽的餘暉染成桃紅色，陰影是悅目的灰藍。太陽沉下了，
我們已經看不到了，但這山很高，它還是看到太陽的。

遠處，是對岸的叢林，近處，是河面，偶然有一艘漁船，或是拖船經過。圓月，越升越高，也越來越白，越明亮，那山，卻變得黯淡了。可惜，明亮的月與桃紅的山，不能同時在一張照片中。咦？繪畫可以！

沿河岸開車向西，到那一片海邊的大草坪，又是另一番景致了。與剛才的寂靜無人相反，這裡來了不少到海邊散步、遊玩的人。向南，是遠處的灰山和桃紅天，向西，已經落下的太陽，用它的餘威，把整個西天弄成一片深橙色。

回首向東，藍晶晶的夜空中，一圓明月。那應該算是「夜」。可是，妙了，海岸上的遊人、狗兒，不論遠近都清晰可見。天上，的確是「夜」，人間，尤其是加上遠處「漁人碼頭」明亮的燈光，不能不說是「晝」。

影子，不一定是黑的。明月的影子，是海面上那一個柔軟的、時動時靜的明月，它忽然洶湧，變得長長的一匹發亮的、擺弄的黃緞，我知道，不久之前，在我沒有見到的海面，是有一艘甚麼船經過。我心中哼著：「月光戀愛著海洋，海洋戀愛著月光，啊！這般蜜也似的銀夜，叫我如何不想她？」

剛才在東邊，明亮的月與桃紅的山不可兼得。現在，「夜天的月」與「晝的人間」可以同時。我不停拍攝。

2008.9.18.「九一八」又來了，又一年了，時間真快。

第三輯

藝感

沉響擴散　餘韻徐徐寂滅
沒有人回頭看你
而我相信　我相信你同樣相信
你仍是　鋒利而沉默的永恆

　　──〈鋒利而沉默的永恆〉

劉娜獨舞

嬌龍劍

幕啟處
麗人持劍
是盛唐的李十二娘嗎？

來不及辨認已地動天旋
劍影纏身　劍光刺眼
忽緩　忽急
爽利而凌厲
是舞蹈　還是實戰？

飛龍的寒光乍明乍滅
上天　下地　入海
又忽而飆升
一番糾纏之後突然而止
劍氣
壓住四圍一切的呼吸

這一團懾人的英氣
不斷擴散
是盛唐的公孫大娘嗎？

紫氣

場刊說：

紫氣　美麗而神秘
紫氣　宣敘少女的情懷

眼前是一個現代的中國人
以肢體的動態和靜姿
試探著
力與美的極限
速度與靜止的極限

超越年齡與性別
超越神秘

沉鬱而雄健
超越國界又超越時代
我驚覺自己身在
渾沌浩渺

步向宇宙的邊境
人性的最深處

後記：公孫大娘與李十二娘師徒，是唐代劍舞名家，杜甫在
　　　童年及晚年，曾先後見到二人表演，並作詩記述。
　　　二千零二年二月二日，觀劉娜演劍舞《嬌龍劍》及中
　　　國現代舞《紫氣》於加拿大溫哥華。

廣東音樂與戲曲

廣東音樂

最有特色的音樂
只要聽第一句
就可以區別出來：
印度的　日本的
南美的　中東的……

像第一流的中國書法
看一個字
就可以斷定是誰的手筆

嬰兒時期的我
最早聽到的是廣東音樂
聽了六十多年了
找不到有哪一種音樂
和它相似

廣東音樂從何而來呢？
來自廣闊的心靈
有膽量又有能力
融和中外古今

廣東戲曲

與學校音樂課上的
完全不同
它自成體系

叮板響起　樂聲跟隨
主導了旋律的速度
一剎那　人聲接上
人聲就奪取了主導權

樂聲與人聲
如影隨形嗎？不是
只像是一對默契的舞伴

雙人舞以男性為主導
而曲與詞　是平等的
我模仿著你
你模仿著我

先有曲的
聲調不配的詞填不進去
先有詞的
平仄不配的曲用不進去
曲譜的抑揚頓挫
詞句的抑揚頓挫
兩位一體

每一句唱詞
甚至只是從一個字
過渡到下一個字
可以隨著當時的情緒
作無數種變化
樂聲又即時與人聲配合
進而誘導人聲

同一闋曲譜唱詞
一位歌者
可以每次有不同的唱法
一位樂師
可以每次有不同的奏法
妙在雙方都依循著
同一的
極度嚴謹的格式

廣東戲曲
是作曲人與作詞人
苦心的創作

再加上
歌者與樂師
隨機的創作

2002年2月

五翅蝶依然

2002年春，在大溫哥華中華文化中心，「圍聽」喬珊彈古琴。

一雙五翅蝶
依戀一段橫臥的古木
滑行又停駐在
七條振動的藤蔓

翩翩
五翅蝶乍飛乍降
驚醒了亙古的池谷
山水精靈幽幽的音韻

尖銳的電子鈴聲突然
一陣陣急迫的催促
夾雜著沙沙的衣服聲
是誰在忙亂的搜索著
隨身電話？

鈴聲突然變響
又突然中斷：
「喂　我在聽古琴
等一會再說吧」

我們的耳膜
正佈著圓陣　圍護著
誤入現代的
一截小小的古代

冷不提防
陣破
破於一根現代的尖針

古木橫臥依然
藤蔓振動依然
一雙五翅蝶翩翩依然

時間迷離

2002年8月，在烈治文市美術館見Kathy Pick的新作：
《Capsules of Time》，時間囊。

走進圓形的暗室
牆上隱約有無數片
植物纖維製成的紙張
從草黃到深棕
一片片貼滿了：

園草　林地落葉　海邊草
野薄荷　海藻　柏樹皮……
壓乾了的大自然的時間
沒有年輪

放眼立地的玻璃牆外面
一隻黑松鼠從灌木叢衝出
跳到橡樹陰影裡的花壇
忙亂的在挖著甚麼
日光下彎曲的街道
汽車來來往往
沒有行人

楸樹一傘接一傘在街邊
震動著金綠色的葉片
街牌綠底白字高懸在街心
與燈柱上的花籃呼應
秋風中　盪著秋千

換季了
新換的市幡自豪的訴說著
瀕海小城市的風情
交通燈由綠轉黃　再轉紅時
一位白髮西婦撐著手杖
蹣蹣跚跚走過斑馬線

看來應該算喧鬧的小城市
竟然完全沒有聲音
像夢中重現的某一段時光

又像是二十年代的默片
卻是七彩而立體的
也許　是時間向我預示
往後某一個小城市的初秋？

回頭暗室　我一陣目眩
斜斜一柱長方形的日光
帶著游蕩的微塵
射落腳畔灰色的地毯

於是我醒覺
它與我背後玻璃牆外所見
是同時同地的同一片日光

卡城博物館中

2002年9月，在加拿大卡加利（Calgary）參觀中華文化中心的博物館及Glenbow Museum時作。

西漢透視銅鏡

二千年來
透視過多少
隱藏在背後的真像呢？

當強光
射向平滑的鏡面
白牆上　竟然會出現
鏡面背面複雜的圖案：

眾星拱日
晝夜混和在雲海上
二千年前的奇想

這世界　也是一面透視的銅鏡
當時間積累　成為射向鏡面的強光
一切隱藏在背面的
都馬上現形

當我們的心
純潔如白牆

「天朝御製」象牙雕

長逾五尺的象牙
橫臥
兩百年前
「天朝御製」的象牙雕

漁樵耕讀　販夫走卒
嬉戲的兒童與騎鳳的少女
人間　全在這一隻彎舟上

承托的不是水
是堅硬的柚木的龍
張牙的龍頭　有力的龍尾

四足五爪緊緊抓住
彎舟永遠不能啟航
爪和牙
同樣是象牙造成

天然銀礦石

銀　不是白色的嗎？
不是有月亮的光澤嗎？

這片天然的銀礦石
是純黑的
黑夜的原始林

早就明白
黑與白之間　有灰色
而灰色
深深淺淺有好多層次

如今才知道
我們會把純黑的
看成純白
還看到月亮的光澤

印第安酋長的頭蓋

多麼威武
活像中國獅舞的南獅

天鷹黑色的翼羽排好
配上靈兔的白柔毛
駿馬淺棕的長鬃毛

至剛與至柔
天　　與地
融和一體

一百年前的
印第安酋長的頭蓋
如今死在玻璃櫥裡

主人是誰呢？
本來名字叫「棲鷹」
後來改成「John Hunter」了

臨寫本土

牆上一幅幅
三十四十年代的油畫
本地畫家的作品

美術老師帶來
一班學童如靜止了的麻雀
坐在地上　伏在地上
仰頭　用鉛筆臨寫

他們的祖父母生活其間的
湖畔　森林　月光
農田和糧倉

一切成功的藝術家
從本土出發

早餐與早餐

長春藤爬上土黃的屋牆
和暖的樹影在牆上晃蕩
早晨的陽光很清新
穿過葉隙漏到青草地上
戲弄幾朵白色的小野花

餐桌布　紅白色古典的條紋
兩隻水杯安坐其上
玻璃闊口瓶裝的是番茄汁
幾個麵包喘息在小藤籃裡
銀色金屬蓋蓋住的
也許是煙肉和炒雞蛋
應該仍然溫熱

藤椅　在等待誰呢？
多少年前的一桌西式早餐
還在後園　等待著
在油畫裡

掛在牆上逼真的印刷品
它的周圍貼滿彩色的紙條
每一條有五個手寫的漢字：

南京鹽水鴨　油淋童子雞
古橋酸菜魚.......

我獨坐其下的食桌旁
桌面是膠板　地面是膠板
手中的筷子也是膠的
小小的中菜館燈光不明亮
室外陰雨　早餐最後的時間
在二十一世紀的加拿大
我大口大口吃著夠熱夠辣的擔擔麵

我的胃　溫暖而滿足
胃以下的腸　在蠕蠕而動了

後記：2003年某日在烈治文一中菜館，見牆上有Nicholas
　　　Verral的油畫，名《Breakfast》。

看牡丹記

1

算算日子牡丹應該開了
穿越這廣闊的大草坪
看牡丹去

2

起伏的草坪散置了五件石雕
每次經過都會細細欣賞
十年來也不知看了多少次了
拍照　也不知拍了多少次了

五件石雕出自五位藝術家
分屬五個不同的國家
自豪的坦露於空曠
顯示各自的性格

法國的是架疊
兩塊波浪　有毛糙的表面
似穩似不穩的疊了起來

意大利的是平鋪
扁扁的四片平鋪地面
似是相聚又似是離散

南斯拉夫的是包容
一個巨蛋中央有個小蛋
似是吞併又似是孕育

波蘭的是相對
體形相異體積相當的兩者
似是對峙又似是交流

德國的是扭結
一截巨索平放地上
中間一個似可解似不可解的結

3
避開太猛烈的陽光
今天我改走大草坪的邊緣
這一角是山毛櫸的場地
金櫸　紫櫸　雜色櫸
蕨葉櫸　歐洲大葉櫸
繁枝密葉　我進入迷宮

竟然隱蔽著一個石雕
滿身的苔痕水痕可知

你安命於此很多年了
野草野樹不斷蕃衍
更沒有人會見得到你
只有藍繡球的花蕾知道
只有白杜鵑的落花知道
只有濃陰下厚積的落葉知道
爬滿一地的長春藤攀向你
要與你作伴

是愉悅的杏黃　石的本色
堅定的方形有柔潤的邊線
當中三個圓孔　簡明而耐看

你是加拿大藝術家所創作
你是加拿大園林家所放置
低調的石雕
你是加拿大的代表

4

我沉思著人生
幾乎忘了看牡丹的原意
爭妍鬥麗的國色天香就在那邊
去不去看　都無所謂了

後記：2004年5月16日中午，到溫哥華Van Dusen植物園看牡丹，穿越此園最廣闊的那片大草坪的邊緣，偶然發現了一件石雕，掩蔽在野樹野草中，是加拿大雕塑家Joan Gambioli作品。孔子曰：「人不知而不慍，不亦君子乎？」

鋒利而沉默的永恆

2004年6月，偶然重遊溫哥華伊麗莎白女皇公園，見Henry
Moore巨型銅塑Knife-Edge已從廣場被移置於侷促的通道。

龐然　一座古銅塑　淪落
在人來人往侷促的通道
不正是亨利‧摩爾的〈刀刃〉嗎？
凝固了的鋒利　沉默
對一個垃圾箱

一隊亞洲遊客魚貫經過
無視　或者視而不見
你這龐然的透明體
他們在細賞
圍繞你的那幾個水泥大花盆
不合比例種太高的灌木
還有俗紅的一年生喇叭花
熱風中搖曳

靠背長椅背著你
一對歐裔老夫婦安坐其上背著你
穿透過叢叢無花的杜鵑的繁葉
遠眺下方繁鬧的市街

幾個兒童嘻嘻哈哈走來
看了你一眼
不像鞦韆　　不像滑梯
不合規格的遊戲設備
只合在你的間隙捉迷藏

溫室的大圓頂
分割中午的陽光為無數個三角形
居高臨下壓迫你
你冷靜　　你的冷靜
被紫外線燒灼著

忘了是哪一年的冬季
輕風拂盪白樺柔密的垂枝
我走上公園那一個廣場
灰色的不晴不雨一樣是中午
遼闊的地　　廣漠的空間
你傲然獨立天地的中心

腳畔的殘雪在融化
一灘水　　反映出灰天上原來有
一圓淡淡的白日
我舉起攝影機　　用二百份之一秒
捕捉
你暗示的永恆

這炎夏的一聲野鳥也許是當年的
這炎夏的這一個我　也許是當年的
回顧遊人我握拳重擊：「龐──」

沉響擴散　餘韻徐徐寂滅
沒有人回頭看你
而我相信　我相信你同樣相信
你仍是　鋒利而沉默的永恆

艾米莉・卡的原始林

2004年7月，在溫哥華美術館欣賞加拿大女畫家Emily Carr（1871-1945）油畫作品。

Indian Raven 1912

圖騰柱頂端
是一隻印第安烏鴉
沉默

維多利亞時代的紳士
黑色燕尾禮服和禮帽
合起傲慢的大嘴
壓住圖騰柱

藍天上　風流雲散
藍天下　生命輪替
化成一片沉默的灰綠

腳畔幾朵小野花
鮮黃給我看

Strangled by Growth 1931

又是一截倒下的圖騰柱
陰暗難辨
是鳥？是獸？是人的顏面？

一條綠色的甚麼勒住你
也勒住你的手爪

像是海帶但不是
也不是藤　更不是葉和草
總之　是生命

綠色
最後的勝利者

Old and New Forest 1931-32

重疊的樹冠如連綿的山巒
烘托幾株深棕的禿幹
乾裂的新痕　預示著死
那暗綠的老林

近處一片新綠鮮活
一如老林之外那藍色的
躍動不息的河流

Scorned as Timber, Beloved of the Sky 1935

高樹三株　瘦極了
沒有橫枝
只有一個志向
伸向天

除了頂端那些稀疏
沒有葉
所有營養用在一個去處
伸向天

意欲鑽穿
轉動的大宇
探向花心似的
彩虹之螺的最深處

Above the Trees 1935-39

天是藍色的當然是白晝
但這些密密麻麻的
作弧線移動的萬千個藍點
不是運行著的星星嗎？

灰綠的樹冠淺棕的樹幹
都看得清楚　當然是白晝了

但樹頂上閃爍的萬千個白點
不是月的銀光灑在葉片上嗎？

天　原就是緩緩轉動的
晚年的艾米莉‧卡的手
指令宇宙加速旋轉

於是晝與夜同時顯現
在我一瞬間

▎愛情元素

靜默

報載：加拿大已故女畫家Emily Carr（1871-1945）一幅名為
　　　《Quiet》的油畫，在拍賣會上以112萬1250加元創高
　　　價成交。2004年秋。

1

圓錐形重疊
重重疊疊是常綠的原始林？
重重疊疊是常綠的峰巒？
昂然挺立的應該是樹幹
橫空懸立的　是樹冠
還是一座常綠的岩石
有深裂的石紋？

說是綠色也太粗疏了
說是暗綠　灰綠　藍綠
也不夠細緻
多層次的綠夾了藍
紫　黑　黃
還有一筆筆橙色和紅色
在這大自然的調色板上
也許那是急流　那是懸瀑

難以一目瞭然的形和色
證明畫家忠於自己的眼睛
忠於自己獨有的感受

2

怎可以苛求一百年前的人
去品味　去欣賞　去接受
一百年後的人還沒有清楚的
畫家對大自然獨特的理解？

艾米莉・卡在晚年算是「平反」了
死後六十年這112萬1250加元
算是為她「恢復名譽」了
藝術不是世俗
如何能用數字去評價呢？

今天　我還是要追討
艾米莉・卡那個空白的壯年
所有藝術家最可寶貴的時光
一幅畫也買不出去
一個學生也招不到
藉著出租住房　種果　製陶
養雞養兔
延續了同時浪費了十五年

3

不申訴　也不抱怨
藝術家的藝術品
靜默的
提出問題
又作了回答

莎翁唇上的果蠅

2004年10月末，加拿大溫哥華的Van Dusen植物園有稻草人節，展出小學生用回收廢物創製成的稻草人，約三十件。我最愛Herbert Spencer小學四、五年級同學的《Willy》，他們說，用莎士比亞來嚇走不喜歡偉大文學的人。

1

所有的稻草人都自信的站著
莎翁　口張開　兩手攤開白手套
傻傻的坐在一角　沒人理睬

長長的頭是白胡桃瓜造的
禿頂　黑絲繩是頭髮和髭鬚
滑稽的大鼻子　一條棕色的番薯

兩片蘑菇　耳朵太小了
雙唇是開邊的紅辣椒
凸出的雙眼是不是舊燈泡？

皺褶的白衣領是膠百葉簾
一身又藍又綠殘破的衣服
包裹著稻草　膠水瓶成了雙腳

2

記得幾年前「新西敏」天車站裡
常常有不良少年聚集鬧事
最後改播貝多芬　才得以驅散

古典音樂趕走現代少年
偉大文學嚇不走文藝老年
莎翁　我坐坐陪你　我也孤單

你的右手夾了一根孔雀毛
象徵你用華麗的妙筆
寫出永垂不朽的華麗的篇章

一隻果蠅　停在你的下唇
它也是個偉大文學的愛好者
細細咀嚼　你唇間帶勁的芬芳

永恆的背面是青春的祈禱

小序
在溫哥華參觀一個油畫拍賣會的預展，見艾米莉・卡（Emily Carr1871-1945）早年作品《楊梅樹》（Arbutus Tree）。據悉，拍賣行收到此畫時，畫布背面全被黑油彩塗封，後用科技透射並將黑油彩洗去，發現是一人像，畫中少女十七、八歲，眼上望、手合十，看來是自畫像。

正面：楊梅樹

不像松杉柏，松杉柏有共性而無個性。你穩然固然粗如樹樁的圓大的幹，可以想到是如何的堅牢，在這泥黃色的海岸的地層下。你挺起一強，有個性的挺起在冷色中。你彎曲多指老邁而彌堅的幹和枝是帶棕色的紅，也帶泥黃和粉紫，總之，不是棕，不是灰，而是紅，厚實的紅，雄壯熱烈的顏色。挺起，是你側邊那兩株細直的甚麼樹的墨綠的濃陰。向下走一步，就是藍海。遠岸，和蔚藍夾粉綠的高天。

你的巨大和你旁邊的零碎。低天上一列厚積的白雲，染了紅，是黃昏時的晚霞。紅紅白白的雲，滾動著，看似靜止其實應該是變化多端。這一靜一動、一近一遠、一熱一冷，就襯出你穩然固然的雄姿。

粗壯的筆觸，用粗壯的工具：笨拙的畫筆和濃滯的油彩，突出了，一個簡單而鮮明的形象。就如這畫題。永遠難忘的是簡單，是雄壯。

背面：自畫像

就靠這一小片，好像加了黑色的這一小片綠，在畫布的背面，木畫框粗陋刺手的背面的下緣。那應是無章法的黑色的油彩，平塗，毫無筆意的平塗，卻混融了並不平靜的窮畫家的情緒。不平則塗。連買一幅帆布也沒有錢。非關環保，我當下這詩稿，寫在傳真廢紙的背面。

也好在這意氣的、並非嚴密的黑色的筆觸，有漏網，被塗掉的畫幅洩露了一小片深綠，你十七、八歲時，你那米色罩衣下偶然露出的那一個小小三角形，應該是連衣裙，十九世紀流行的連衣裙那一角，洩露了你的青春。在你自己眼中、手下的你的青春的面目。

一個世紀的黑色油彩被洗去了，洗去了一個世紀的黑夜。曾經，被濃重的黑夜封住的一個少女，永遠沒有進展為少婦，而後卻成為老婦的一個少女，嫁給了藝術，和貧窮。

雙手合十，雙手合十的筆觸，粗糙得僅可示意，不重要。重要的是那細緻的、一個世紀的黑夜也消滅不了的眼神，向上，虔誠的向上祈禱。曾經自我隱沒，如自沉於海底。是不滿意自己所作，是不滿意你自己，和你所處的環境。和你所處的時代。

上下轉一百八十度：從背面回到正面

我的眼，穿透油彩和帆布的纖維，你年輕的腦，正是楊梅樹的根。思想感情的根源，正是樹的生命的根源。眼之向上，如根之向下，祈禱變成向下的秘密的伸張。

並非祈禱，而是祈禱後的結果，在雲天、海岸、深藍的海水，你，細葉茁長，獨然卓然穩然固然的楊梅樹，老，而壯，那是堅忍、自傲於環境時間的一立永恆。

【後記】此為凌晨夢醒速速筆記而成。速記中「一強」「一立」，均作量詞用。

后羿射日

2004年11月13日，在溫哥華Norman Rothstein Theatre欣賞
《后羿射日》首演，此曲為張進作，「溫哥華中華樂團」以
中國樂器演奏。曲中用真石摩擦模擬石裂，指揮者又引導觀
眾齊聲吶喊，予后羿以力量。

一個瘋狂了的太陽
就可以引發一切生物瘋狂
更何況十日並出
十個瘋狂的太陽同時出現

這沒有天良的集體同時發高燒
要以自己的高燒
燒死大地上所有的生命
要所有的生命在死亡之前
瘋狂的　自相殘殺

河水燒乾了　大海沸騰
水族一一浮屍水面
大地軟化　變形
動物暴跳飛奔　植物枯焦
山岩斷續的爆裂聲中
十個瘋狂的太陽在高空

發出此起彼落
一陣陣震耳如雷的奸笑

震耳如雷是大地上
人類的　動物的一切生靈的喉嚨
齊聲的呼喊
為英雄打氣而非自相殘殺

后羿揩去滿臉滿手的熱汗
搭箭　彎弓
上舉向天

這十個太陽也是各有性格的：
一個膽大的挺身向前
一個膽小的全身震慄
有故作鎮定　有不知所措
有昏了過去　有靜靜溜走
有瑟縮在同伴的背後窺探

從第一發到第九發
九發箭　每一發
像一聲獨立的大鼓混合一聲大鑼
九個瘋狂的太陽逐一應聲身亡

大地霎時變得和暖
所有的生命一一復甦
死剩的唯一的太陽

被迫作出承諾：

恢復原狀　依天道運行

綠釉陶罐

加拿大烈治文市紀念建立125周年，市政府大樓有展覽，展
出所藏本市早年居民所用過的小型容器。2004年11月。

所有的容器都是玻璃瓶
除了你
在大大小小各式各樣的透明中
一個綠色的謎

玻璃瓶　玻璃瓶
表面印上白漆的　黑漆的字
或者貼上了招牌紙
或者燒製時就壓出了凸字和花紋
顯示
曾經盛載的內容

藥水　墨水　汽水　漂白水
牛奶　啤酒　果醬　藥丸
藥油　丁香油　薄荷浴液

而你　綠釉六角形
一個缺了蓋的陶罐
有籐皮織成的網絡套好

兩個籐皮挽手
你曾經盛載過甚麼呢？

圍繞你　我求索謎底
借助長廊的射燈
天窗上自然的照明
雙眼抵抗展覽櫥玻璃的反射
從下而來地磚眩目的反光

六個直長方綠色的側面
有兩面壓有凸字
像金文　像大篆　像戰國文字
細看　都不是
是陶工憑空自創的七個方塊字
一句七言詩？

其餘四面是圖案
像牡丹　像山茶　像長春藤
細看　都不是
是陶工憑空虛構的
幻想的植物

從缺蓋的罐口下望
我窺探黑夜裡的一個枯井

你不是上古中古的粗陶
不是唐宋元明的古董

更不是現代陶藝家的創作
可以斷定
是上一個世紀的民間用器
流光太快
一切變得模糊

若干年後　若干百年後
你將升格為罕有的文物
考古家爭相破解
你這個綠色的謎

石化之城

2004年11月，在加拿大烈治文市文化中心觀賞本地畫家作品展，沉醉於題為《Where are we walked》油畫，作者Angela Lake。

圓月
照不亮這詭幻的暗夜
反而　似乎因暗夜而失色

彼岸　是熟悉的景觀
一座連一座參差聳立的大廈
市中心
不是大廈　是大廈形的岩石
遠離　其實是逼近的
一座連一座厚重幽暗的紫紅色
何時　現在是何時
城市　現代城市石化成了化石？

藍黑色的海水浮泛著
閃動的月光
唯一的活物

此岸　同樣是熟悉的
沿岸這一列嶙峋

確然是真實的岩石
雖然顏色已經變異
與對岸同樣厚重幽暗的紫紅色
像瘀血

我們曾經踐足之處
指這岩岸
還是指對岸市中心？
總之這個城市已經石化
原因卻不是地殼變動
因為它依然聳立
一如石化之前

但一切生命已無生命
只有圓月在高空無奈的冷視
投影於尚未石化的海水

我自己立足在畫幅之內
貼近畫框的下緣
與岩岸又再隔了一道似乎是河水
細察形狀　顏色和質地
我難以確定我們立足之處
是浮動的地　還是堅實的水
其實　已經不重要了

長亭怨慢

2004年12月6日晨,家中聽古曲《長亭怨慢》,此曲為宋代
姜白石作。時窗外飄小雪。

時間　從邈遠默默而來
開始是緩慢的
越來越近了它的身影
越來越響
一下一下既剛斷卻連綿的節拍
夾清脆的敲擊

時間　這大背景浮現出
一沉一飄的對答
似乎是
含蓄著悲鬱和細訴著幽怨

一千年前的一頁曲譜
孤寂如枯死在無人知曉的黑暗
一定是一千年前的一件真人真事
偶然的　或者是經常的
在姜白石的心中閃爍
化成毛筆下一串符號

一千年後　曲譜偶然打開
古琴絃又開始沉樸的
振動起復蘇的時間
古壎繼續著似乎的悲鬱
古笛從新細訴著幽怨

一沉一飄對答著
時而如影隨形　時而同聲低唱
與時間的節拍
互相模仿而終於融合

正正相似於我的那一段追憶
這一段追憶
除了溫婉古雅還帶有現代氣息
似悲似怨卻又是愉悅的
這一段追憶　有意無意
趁上這既剛斷卻連續的節拍
寄寓其上
向著一千年後的方向浮去

無目之誘鳥

烈治文市博物館有展覽，名為「濕地上的木雕」（Woodcrafts on the Wetlands），主要展示本地早年最著名的誘鳥木雕家 Percy Bicknell（1897-1959）的作品；雕工精細，但不論野鴨、雪雁、天鵝，所有的木鳥都沒有眼睛。2005年8月。

自從政府立例
用真鳥作為誘鳥屬於違法
木雕的誘鳥
就源源生產了

紅柏為身　雲杉為頭頸
繫一個懸錘穩定重心
木雕家細心觀察真的野鴨子
製造出逼真的野鴨子

眼睛　沒有雕出來
更沒有鑲上玻璃珠
甚至連用筆畫上去也省了
每一隻誘鳥都沒有眼睛

一群無目的木鴨子
被安排到濕地的蘆葦邊虛浮
獵人隱蔽在插滿蘆葦的小舟中

配備了麵包　蘋果　水壺　望遠鏡
還有不離手的長槍

高空飛過一群野鴨子
望見水面上一群閑適的同類
於是欣然下降

彭　彭　彭　彭　彭
無目的木鴨子
誘來有眼無珠的野鴨子
餐廳供應的晚餐

以前真鳥被迫作為誘鳥
腳爪被縛還在作無用的掙扎
目睹同類因自己而死亡

就義前烈士被割喉封眼
現在更進步
索性不給誘鳥以眼睛

青銅與宣紙

沉睡的繆斯

Constantin Brancusi（1876-1957）作於1908-1910年間，青銅，16.5×26×18釐米；法國巴黎龐比度中心藏。

金光燦燦的
一隻巨蛋
沉實
孕育著　美

斜臥著
觀音的頭
低眉垂目
蘊含著　慈悲

閉目　閉耳
沉睡著的
繆斯
不再理會我們了

一百年了
從布朗庫西

構思開始
你就沒有醒來

這許是誰
已經給你報夢：
這一百年
人間早已變得
目不忍睹了

還是請你醒一醒吧
好讓淪亡的我們
重新學一學
你的美
你的慈悲

柳條

齊白石（1864-1957）作於1943年，水墨設色紙本立軸，
107.6×15.6釐米；中國遼寧省博物館藏。

柳條擺動
千萬柳葉似亂非亂
風從左方來

吹來是中國風
這太狹長的立軸

有意無意的留白：
左上角　左下角

轉身要離開　回望
全幅的結構竟然像
低垂的
一片巨大的柳葉

我再趨前細看
風乍起　枝葉交融
無形的風
顯出一片片
實在的形象

是筆頭上的清水
分解出
多層次的綠和黃
分解出春夏秋冬

有幾點　新綠
小到幾乎看不見
在左下角
那是不小心漏下的
春風的碎屑

2006年11月17日，香港藝術館中。

碎鈔紙鎮

2006年11月28日，登上香港國際金融中心五十五樓觀景台；
並參觀貨幣展覽。

多美麗的一個紙鎮
透明的小膠筒裡
充塞著彩色繽紛的紙碎
可以鎮壓住
一切的文件

一個小小的膠筒就充塞了
一百三十八張一千元大鈔的碎片
剪碎前　面值：
十三萬八千元

銅臭？　鈔票沒有銅臭
病菌？　新鈔票沒有病菌
魚腥？　千元大鈔沒有魚腥

有的是詐騙　利誘　販毒
買兇　賄賂和貪污
經過一隻隻骯髒的手

剪碎了浮華的風景
剪碎了領袖的頭
剪碎了「一千元」的銀碼
剪碎了銀行行長的簽名

十三萬八千元的現鈔
貶值為定價八十元的紙鎮
卻升格為光彩的藝術品
小膠筒透出重現的陽光
紙碎繽紛如雨後的虹彩

從灰濛濛的海港滑翔而來
是一隻黑耳鳶
身影越來越大
與我相隔一層落地玻璃
巨翼掠過窗前　側頭看我
伸手可及的距離

若無其事
輕拍雙翼繼續飛向市中心
牠盤旋下降
停在
一家發鈔銀行的大廈
之頂

狼圖騰

2008年7月13日黃昏，偶過烈治文市南的歷史小鎮Steveston，
一家畫廊的櫥窗正展示加拿大女畫家Sue Coleman的兩幅無題
小品。我一見，震驚。

仰天嚎叫

雪山下的雪原
有一枝圖騰斜立
紅黑色的圖案
是狼
狼頭仰天　在嚎叫之後

就在這雪原上
狼圖騰的側邊
有一對黃毛的狼
模仿著圖騰
仰天張口嚎叫

低頭飲水

是同一座雪山之下嗎？
是同一個雪原嗎？
一隻黃毛的狼

大概是叫得口渴了
在河畔　低頭飲水

黃狼的倒影　映在河面
清清楚楚竟然是
紅黑色的圖案
與黃狼互吻
一個活生生的圖騰

歐洲的古典的故事

2009年2月22夜，在溫哥華Orpheum Theatre，聽女高音
Katheryn Garden的演唱。

好像完全不費氣力
也不必呼吸

是自己會發出樂音的
小提琴　豎琴
有時是銅管

你站在華貴堂皇的舞台上
我正襟危坐在台下的座椅

夜　漸漸深了　初寒
溫暖的燈光是昏黃的街燈
你我意外重逢
在寂靜的街頭
久別之後仍然親切

還是那一襲水綠的長裙
淺笑　輕顰　側頭流盼
不自覺微微擺動勻稱的身子

你的這些習慣
我記得

從歐洲的古典回來
你向我細細述說
一個又一個太短的故事
歡樂或者憂傷
我側耳傾聽

一句話也沒有聽懂
而我愉悅
因為我明瞭

怒濤的靈魂

2010年5月19日，到烈治文市政府大樓、看譚乃超數碼繪畫遺作展，展品全是首次展示。在一幅名為《Soul of the Howling Waves》的畫作前，我懷念故友。

怒濤　是無聲的
濺起的水花凝定
在礁石的上方

分明是海水
卻閃耀著
金色的火光

怒濤的靈魂升起
是數量難定的裸體的人形
手牽手　翩翩起舞的樣子
在眩目的火光
與眩目的天光之間

人形　分不出性別
甚至分不出黑色還是白色
夾雜　隱蔽　又交叉　重疊
原來靈魂沒有厚度　常常是透明的

你愛以你湛深的哲思和詩情
在一個標題下
畫你的畫　同時寫你的詩
我曾名之為：「同源詩畫」

你向我陳述你的創作架構
龐大而複雜　我難以理解
我一直懷疑
人間藝術的範疇是否足以容納

在人間
你預先畫出了靈魂的形象：
無聲　眩目　多姿而透明

我追憶著短暫的　人間的你
我想像你自己的永恆的靈魂
在眩目的火光
與眩目的天光之間

第四輯

浮游

所謂景致　都是突然出現的
好好壞壞一閃就過去了

高速公路上車子不能停
一如人生

只許一瞥　不容再看
攝影機也來不及留影

——〈高速人生〉

低陸平原觸景

高速人生

並排的樹幹　純白色
這些白樺　葉子是灰色的

顏色異常有如現代版畫
暗示著異常的經歷

所謂景致　都是突然出現的
好好壞壞一閃就過去了

高速公路上車子不能停
一如人生

只許一瞥　不容再看
攝影機也來不及留影

枯草中的綠洲
夏山上的殘雪

車行深谷底

如亂竄的激流
左衝右突在深谷之底
紫啡色的高崖夾我
以密集無隙的杉群

仰望生生不息的反光
向我照射
射進黑夜的最深層
我　是其中的真實

灰藍天一直狹窄而彎曲
有一頂暖日仵閃爍
乍現　乍滅
詭異的白書

偶爾掠過的山嶺
閃過閃過　大片小片
去年冬天的宿冰
等待迎接今秋的初雪

原來車內響著連續的對白
五個畫面閃動同一的影像
電源一關
即時消失了人生

過變色湖

又是一個湖
名叫Kalamalka
印第安語是「變色」的意思

湖邊是全不修剪的
拖地的柳樹
黃草坡上太陽很高
無雲的藍天沒有異樣

也許要借一借
枯樹頂上
屹立如標本這山鷹的眼
看太陽的移動　雲霞的幻化
柳葉轉黃　坡草重綠

湖面如鏡　湖面是鏡
所謂變色是湖面以外
變色的大自然

一雙喜鵲
拍翅飛向湖心
黑白　黑白
拍起了日光和月光

2002年8月，卑詩省低陸平原。

花鳥的始祖

2002年11月，在溫哥華會議及展覽中心，參觀「熱河古生物群化石展」，龐大的展覽廳中，展品逾三百件，但觀者寥寥。

鬧市圍繞的一方靜默
高闊空蕩的展覽廳
一瞬
時光倒流一億四千萬年
中生代侏羅紀晚期的洪荒

滿眼是從未見過的草木
如杉　如松　如樅　如蕨　如蘚
空中飄散著如白樺的種子
長肢裂尾的甲蟲在午睡
長爪全都前伸的蜘蛛在結網

遼寧古蟬還沒有停止長鳴
孫氏鳴螽就開始嘶嘯了

沼澤中有長著棘角的河蝦
有透明的狼鰭魚
手掌大的滿洲鱷搖曳著長尾游來
一群巨蚊飛起
雙翅寬厚一如蝴蝶

飛過　是一隻沼澤的野蜓
形態與一億四千萬年後的子孫無異
一迴旋　一猶疑
停在一朵花上

這是地球上出現的
第一朵花　黃褐色
輻射的花瓣像後世的菊花
沒有名稱

一對身披鳥羽的小型恐龍
鼓動了雙翼
在低空中試飛
那就是古生物學家定名的
孔子鳥
頭上的冠羽鳳凰一樣威嚴
擺動一雙太長的尾羽
牠是雄鳥　轉頭回望
沒有冠羽也沒有長尾的雌鳥

花的始祖沒有問題
鳥的始祖的名字
受到一億四千萬年後的污染

暴烈之水

2003年6月，觀阿塔巴斯卡瀑布（Athabasca Falls）於加拿大
傑士伯國家公園（Jasper National Park）。

突然顯形　於濃密的林間
就在腳畔複雜難狀的巉岩
洶湧翻騰著白色的雷鳴

忽然分流忽然重合
忽然隱形忽然現身
欲左實右　形右實左
急轉彎就成一個大漩渦
悲憤至極　俯衝自盡
捨身深不可見的黑洞

地球上怎麼會有這樣的瀑布？
所有的眼睛
繞你上下左右也難見真貌
所有的鏡頭所有的角度
也連繫不起你的全形

唯一的印象是：憤怒暴烈
稱你為「瀑布」不合實情

「瀑」這漢字卻道出你的性情
你是「暴」烈之「水」

誰會相信　你的本性
你的前身是沉靜和平的
阿塔巴斯卡冰川呢？

憤怒暴烈
全因為受壓迫於
岩勢的險惡猙獰

三角龍

迷糊中醒來　張眼
我身處崎嶇的莽原
四周長滿奇異的草木
除了銀杏和蘇鐵
都不知道名稱
遠方的火山口在冒煙

這邊有兩隻穿山甲走過
不　是蹣跚的背甲龍

遠天飛過一隻大鳥
大得像飛機
不是鳥　是蝙蝠
不是蝙蝠　是蝙蝠龍

原來迷糊的時光
倒流了八千萬年
中生代白堊紀的晚期
我回看自己
竟然漸漸脹大了兩三倍
太重了　雙手只好著地
爬到河邊一照

我已返祖為一隻犀牛
不　是三角龍

一隻短角生在鼻頭上
兩隻長角生在兩眼的上方
一塊圓形的大骨板
從前額到腮邊　豎起
盾形的盔甲

我慶幸自己具有這
天生的矛　天生的盾
在洪荒中可以保護自己

我吃著羊齒蕨的嫩葉嫩芽
松果似的青嫩的果實
不知名的紅心的白花
我是素食的

那邊繁密的銀杏樹林
緩緩走出一隻走獸
白堊紀的走獸？
除了恐龍能有甚麼呢？

牠兩足直立
頭極大　好像沒有前肢
照我的印象：
素食恐龍都是四足著地的

肉食恐龍都是兩足直立的
像人

這龐然大物比我高大兩三倍
胸前有痿縮的前肢
指爪卻像兩個鋒利的大鉤
是別號霸王龍的　暴龍
地球上最龐大兇狠的動物

我吃嫩葉嫩芽和花果
牠要吃我
張開大口和尖牙大叫一聲
伸出前肢的利鉤
向我走過來

我一低頭　護盾豎起
三隻銳角就指向前方
四足狂奔衝向牠的肚皮

後記：2003年7月，參觀加拿大Royal Tyrrell Museum後作。
　　　三角龍，Triceratops。背甲龍，Ankylosaurus。蝙蝠
　　　龍，Pteranodon。暴龍，Tyrannosaurus。

記夢：彩蝶與舞者

翩翩　一隻彩蝶翩翩
忽高忽低
不斷圍繞著舞者的腰間

現場昏暗如黎明前
舞者站在我稍下的前方
以背面向我　雌雄莫辨

雙手在前面翻飛
如捕捉　如嬉戲

彩蝶避開飛到身後
舞者暗笑卻沒有轉身
雙手繞到自己的身後
同樣的翻飛嬉戲著

彩蝶突然避到舞者前方
卻意外跌下　是戲弄
還是給舞者的手碰傷了
雙手一沉　要接

彩蝶落地前忽然高飛
飛遠了

舞者目送

一直以背面向我
撲朔迷離的舞者
看來應當是個雄性
因為他的背影很像我
說不定就是我自己

夢醒了
我躺在床上
思緒翩翩

後記：近月來夜夜有夢，幸非惡夢，亦非美夢，夢中情景非
　　　現實世界所能見，可惜常是醒後即忘。剛才之夢，較
　　　美，趁印象未褪，速速記下。未知有無寓意，有無預
　　　兆。2004年11月28日黎明，烈治文。

非武裝地帶

2006年10月，寫於南北韓三八線非武裝地帶。

望遠鏡中

南北鐵絲網夾成寬四公里
蜿蜒幾百公里的地帶
半個世紀　沒有人進入過

大自然循自己的規律運行
山上有麋鹿　水上有野鴨
地上有蘭花　花上有蜂蝶
天上　飛著丹頂鶴

那全是紀念館中看到的照片
而在南方這瞭望台上
五百韓圜一看的望遠鏡中
我只看到鐵絲網畔有個哨崗
哨崗中有個軍人荷了槍

第三地道

下降到地下七十三公尺
奇冷
沿矮窄的地道北行

話說1978年10月17日
偶然有地下水噴出
才發現有地道
鑽過非武裝區的地層
全長1635公尺　有三個出口
離漢城僅僅52公里
一小時可調動武裝人員3萬

導遊者說這是準備南侵的證據
地道壁上的黃色是炸藥的留痕
每一個埋藏炸藥的小洞都向南

地道壁上的黑色是塗上去的煤
北方謊說只是為了開採煤礦
其實這一帶沒有礦藏

人　是最會說謊的動物
我希望能旅遊北朝鮮
從北方南望這裡
聽聽北方的導遊者如何解說

他倆沒有倒下

手足相殘的戰爭中
有一個突發場面

南北戰壕各有一個士兵
同時放下手中的槍
同時衝了出來
北方的向南跑　南方的向北跑
相遇擁抱時
一齊死在亂槍掃射

死的是一對親兄弟
北方的哥哥　南方的弟弟

他倆沒有倒下
他倆化成了
名為「兄弟之像」的雕塑
永遠立在韓戰博物館中

濟州島的草屋群

草屋外圍入口處
總是豎起一對石版
鑿了三對圓孔

圓孔上穿上一根橫木
表示主人外出　馬上回來
兩根　遲些回來
三根　晚上才能回來

每一間草屋都矮矮平平
沒有門窗　沒有煙囪

看來
比「夜不閉戶」更太平了

不像民居　不見炊煙
希望騙得過
海上的倭寇的眼睛

2006年10月，韓國濟州島民俗村。

飄揚的旗與呆立的幡

2006年11月12日下午，到香港歷史博物館參觀「香港故事」
常設展，反覆細看「日佔時期」的部份。12月25日謄正。

一閃即逝
無數的紅膏藥旗
飄揚在家家戶戶的窗口

一瞬
就驚醒蟄伏了六十五年的印象
三歲零九個半月的我
無端端哭了三天不肯說話
第四天才肯吐露心聲
我不要這面被迫自製的旗
在日軍佔領的九龍通菜街

我要用照相機
向著這套《三年零八個月》記錄電影
翻拍六十五年前我曾目擊的
飄揚的旗

怎麼也捕捉不到這太快的一閃
拍了六次七次都不成功
我不得不重覆體味六次　　七次

悽惶的《三年零八個月》
在黑暗冷寂的放映室

其實　縱然捕捉到
紅膏藥風化成的黑膏藥
也不過是虛而又虛的幻象
如同我朦朧的印象和母親的追述
都只能是我個人的記憶
與我肉身同時腐朽

而這木質的招牌原件是真實的：
「香港占領地總督部」
充滿自信的楷書筆觸
墨痕開始脫落

這一面被壓在玻璃板背後
呆立的幡
代表著整個陷落的城池
永不腐朽的集體的記憶

澳門的世界文化遺產

我愛流連那些狹窄的街巷
那些名叫甚麼「前地」的小廣場
重新發現古舊的教堂廟宇和劇院
我童年少年生活的環境

聯合國已經審核批准
「澳門歷史城區」
列入「世界文化遺產」
包括一些相連的街道和「前地」
媽閣廟到議事亭前地到東望洋燈塔
二十五處歷史建築

那是四百多年以來
中國與西方最早的文化交流
多元共存和諧交融的明證

而在我心中有我的記憶
我另有一張長得沒有盡頭的名單

戰時見到飢民搶人麵包吃的荷蘭園
學齡前最早聽到粵曲的聖祿杞街
與街童一起放紙鷂打「鐸擊」的沙地
母親帶我去買餸的雀仔園和紅街市

工匠巷有混和了叫賣聲的讀書聲
白鴿巢公園外牆攀滿了七姊妹花
松山半山籃球場有老影樹的濃陰
白馬行的課堂裡偶爾飄來了煤煙……

也有我个願涉足的異域
那裡有最氣派的街道最莊嚴的廣場
宏偉豪華璀璨人流不斷的建築群
一種最富活力最絢爛的文化

這個日漸填海而成的城區
不是「人類天才的傑作」
不是「不朽技術或藝術創造」
不是「一種文化或文明不可多得的證明」
个是「人類歷史重要階段的標示」
不是「某種文化傳統人類住區傑出的例證」

找个願涉足　不願記憶
這一個所謂「不夜天的新口岸」
幾百年後　一定不會榮膺為
澳門的「世界文化遺產」

後記：2005年7月15日，聯合國科教文組織世界遺產委員會審
　　　核批准：「澳門歷史城區」列入《世界遺產名錄》。
　　　詩中所引五項，是評審標準的要點。2006年11月寫於
　　　澳門。

第五輯

貓
悼

縱然千年之後烈治文陸沉
縱然萬年之後全地球毀滅
但你和我倆這邂逅之處
永遠是宇宙中
一個特定的座標

　　——〈邂逅之處〉

家貓之葬

家貓Scott先天性腎衰竭，於二千零二年十一月九日凌晨，早夭於加拿大溫哥華，僅九歲。他毛色黑白，屬蘇格蘭垂耳種，一九九三年六月一日出生於美國。破曉，下葬於後園，葬畢稿成。

1

媽媽說你
最愛留連的是後園
曉風嗚咽
秋空灑下若有若無的淚粉
爸爸為你選一個
你獨眠的位置

2

木圍欄邊一株水晶梨
八年前我種植時
你靜坐旁邊
看我吃力的舉起鐵鏟
挖一個圓窩埋下了樹根
當時你一歲

這裡　就是你靜坐之處了
我舉起八年前那一把鐵鏟
打算要挖方的
意外挖成了橢圓

你不再喘氣的那一剎那
媽媽急急為你唸誦了一句
也就是你最後聽到的一聲
是祈望你轉到更好的世界

橢圓的泥窩
像一個繭　像一個蛋
當你破繭成蝴蝶
破蛋成禽鳥
或者如我所祈望的
來牛　仍然是圓胖活潑
又沉靜有主見的貓兒

蛋生的貓應該有一雙翅膀
一拍翅
就飛越五尺高的圍欄
不會像最近一個月來
後腿無力　前爪無力
跳不上去跌了下來

3

你愛喝梨汁
你就和這梨樹做個親密朋友吧
在無人能見的幽暗
任誰都不能打擾你
只有梨樹的根鬚緩緩伸向你的肌膚
像媽媽的手
不願離開的輕輕撫摸你

明春　含苞的梨花遲疑地開放
你睡醒時惺忪的眼睛

盛夏一樹茂盛的綠葉
我們每天給你全身梳毛
如輕風
我們的視線穿過每一條葉隙

中秋時　不遲不早一定是中秋
梨子熟了　又圓又甜
我們摩挲著你的圓頭
逗笑你甜甜的藍眼睛

4

昨天早上你用你最後的體力
反常的　第一次

爬上我們洗臉的白瓷盆
蜷臥不動　體溫慢慢下降
雙眼睜大而茫然
橢圓的白瓷盆是一個蛋殼
也許你預感到自己的超生

剛才　凌晨
你最後的一下呼叫是向我們告別
張口　但已無聲
永遠沉默了你的肉體
你就在這橢圓的泥窩安睡吧

你好奇　愛觀察
甚麼都要知道
就讓你的臉向著我書房的大窗
你甚麼時候一睜眼
不必轉頭
就可以見到我在書桌旁
看書　或者寫字
你三個月大時進我家門開始
就最愛看我揮毫寫大字
細細欣賞著筆鋒的往復來回
徐疾與提頓
你從沒有撕過我一張紙

你還可以見到這窗台下
今春突然冒出的十幾株

野薊　你祖國蘇格蘭多刺的國花
秋風秋雨中枯成灰黑了
仍然勁挺搖曳

5

用毛巾包住你
像每次洗澡後為你沫乾身子
這次　不是越來越乾
泥窩中應該是越來越濕了
近一個月來每天為你皮下注水
現在是
長期徹底的皮外注水了

等到密封著你的
你黑白的毛皮
那密封著你的黑夜和白晝
混和而溶化於空無
肉體變輕到不足以拖累
你的靈魂　你的靈魂
就可以飛升

滿園的落葉我們無暇清掃
捧蛋黃色的樺葉
輕輕蓋你
華裔的家庭你活了這一生

再在樺葉上添上
一朵已謝的蘇格蘭紫薊花
一大片落葉　是加拿大楓
還有你愛吃的一把新鮮的青草
還有你玩了九年
前天還在玩的你最愛的玩具
我用IKEA藍白的尼龍繩
為你手製的小蟲

6

媽媽在前園剪來了
三朵半開的黃玫瑰
放在你的新土的旁邊
秋霜打過
不能再開了
但也不會枯萎

你　和我倆
都愛聞這永不消褪的
淡淡的清香

淡綠的珊瑚路

懷念逝去的家貓Scott

一條淡綠的珊瑚路
像一條繩纜
躺在家居外圍的草坪

忘了是哪一年的嚴冬
你從小窗洞跳出後園
一步一步戰戰兢兢
踏過草坪上的積雪
留下一長串綠色的梅花

繞過屋旁
繞過紫杜鵑的禿枝
繞過只剩殘葉的玫瑰和繡球
到達前門
這是你每天巡視的路線

還有支線呢
穿過塑膠柵和木門坊之間
走到左鄰去
又從屋後繞過廢田
潛身葡萄藤下

走到後鄰
你拓展的邊疆

你雪地巡視踏足之處
竟形成了一條淺淺凹坑
滋生滿了苔蘚　像珊瑚
這青草掩蓋不了的你的留痕
圍繞著　纏繞著我們的家

這一條淡綠的珊瑚路
這幾個月我曾多次凝視
依循著它
通向深海或者任何地方
追尋你的蹤跡

今天在前園我正推著剪草機
眼尾瞟見
你靜坐一旁看著我工作
這是你的習慣

我一轉頭　不是你
是一叢新開的水仙花
和你一樣白

2003年4月2日

野薊花三株

紫色的野薊花開在後園
在窗下的牆邊並排著
恰巧是三株
兩大在旁一小居中
你和我倆一家三口

六月的暖風中
你不停的左右擺動
向左　　向右
你依戀著我倆

七月　野薊花眾多的種子
乘著白絲般閃光的羽翅
飄散　　飄散
飄向天　　飄向屋頂
飄向圍欄飄向蜘蛛網
飄向草地　　飄向牆邊
飄向平台的水泥地上

總之一年生　　也就是一年死
一年
就是我們人類　你們貓科的
一生

明春
在我剪草剪不到的地方
意想不到的角落
從新冒出

今年這兩大一小我要留影
我要選一個最好的角度
前景是今春種下的兩株白杜鵑
以及兩者之間長眠的你

快門按下時　啊
一隻白蝴蝶恰巧飛過畫面

你偶然落戶我倆的家
又翩然離去
一剎那的光景　卻永遠留下

2003年7月31日

邂逅之處

懷念家貓Scott

偶然走進這室內商場
一家商店正好新開張
店名是：Poly Entertainment

不會記錯　正是這一個舖位
十一年前的秋天
是一家新開張的寵物店
你　和我倆邂逅之處

偶然　你被人從美國送到這裡
偶然　我倆走過這一個店門
偶然加偶然
就等於緣

自從你成為我倆的家庭的第三人
我們每次經過這寵物店
總要探頭內望　這個初遇的地方

也許是貓狗生意難做吧
寵物店這些年已專賣海水魚
坐在舖面那位清秀的姐姐

也從苗條的少女
坐成肥圓的少婦

幾個月前那一天我經過
玻璃大門繫上了鐵鏈
舊報紙封住所有落地的門窗
我從門隙向內窺探
垃圾滿地　全店空蕩蕩

你剛逝世一年半　怎麼
這邂逅之處也要隨之消失嗎？

這種專賣「CD」「VCD」的店
我從來沒有進去過
但今天　我要進去細看

四壁貼滿彩色的歌星影星大海報
琳琅滿架是國語　粵語　台語的中港台
來自世界各地的貨品
美　英　日　韓　菲律賓
沒有蘇格蘭

幾個電視畫面是新到的VCD
有康熙　有宋家姐妹
有《走向共和》的孫中山
但沒有你的同類

這標明「EXIT」的玻璃門
看來是通向後門的　你一歲時
我倆就是在這個後門和你第一次分別

關進寵物店借用的籠子
你被轉送到Langley那偏遠的小鎮
一位獸醫為你動刀閹割

第二天手術後回家藥氣未消
你顫顫震震迷迷惘惘
我倆發現你雙爪有出過血的痕跡
想你在陌生的環境整夜掙扎
你整夜抓籠　要尋找我倆
你一夜的驚恐
我倆一生的內疚

一萬支歌　一百萬句歌聲
都是各式各樣各種人的聲音
沒有你的超國族　超語言
超人畜那一聲
自呼其名的「喵──」

變遷　變不了我倆的第一印象
一九九三年秋季那一天
你這黑白短毛藍眼睛蘇格蘭垂耳種
三個月大的
用舌頭溫情地舔　同籠的

黃色長毛波斯小貓的臉
在這專賣狗的店中唯一的同伴

正是在這個位置　你倆的友愛處
那一個籠　變成了收銀機
一個少女坐在旁邊
斜看電視機閃動的畫面
新一代青春偶像Twins在跳在唱

變遷　變不了這邂逅之處
Parker Place中譯百家店商場
第一期　第1160號舖位
規劃不變的位置

縱然千年之後烈治文陸沉
縱然萬年之後全地球毀滅
但你和我倆這邂逅之處
永遠是宇宙中
一個特定的座標

2004年夏，加拿大烈治文市。

紫薊花的思念

1

自從你進了這個家門
每次清理後園
我都不再拔除帶刺的紫薊花
為了紀念你的祖先
雖然蘇格蘭的國花
也許不是這個品種

每到秋天　種子飄散
一代代到處蕃衍
在我的後園

九年了
前年深秋紫薊花凋謝的時節
我埋葬了你
一朵將要凋謝的
陪你在一起

2

去年
本來是到處冒出來的

只得我後窗下的三株
兩大　一小
我們全家的合照

今年
為甚麼紫薊花
一株也沒有冒出來呢？
其實我們
一直沒有停止對你的思念

3

好幾次了
我在後園見到了你
萬綠叢中我的眼尾旁及到你
轉頭
原來是那白色的小水桶
或者是一朵新開的白牽牛花
或者是微風吹動的
一張白色的廢紙

我還聽到你的聲音
那個黃昏我在窗下看書
「喵──」不是鄰家的
我認出是你的叫聲
連忙放眼後園
白杜鵑花旁你長眠之處

沒有

那次之後連續好幾個黃昏
在同一時間
都有你的這一下叫聲
這麼準時
是你安慰我的思念嗎？
是有一隻聰明的烏鴉戲弄我
模仿你的叫聲吧？

4

為甚麼紫薊花沒有冒出來呢？
只有紫薊花才是實在的
它就是你

你已經逝去了　埋葬了
似乎誰都忘懷了你
連我　有時也會忘懷
有時又以為你還沒有死

今天在後園剪草
在紫竹叢中
透過光影閃動的濃密的竹葉
見到瘦弱而彎曲的你
在陽光缺乏的暗處尋找陽光

在誰都沒有發現之處
艱苦卻堅強地悄悄生長
如我的思念

2004年7月2日，中午。

念舊的藍白色小蟲

藍白色的小蟲　六條
出現在前園草坪之外
殘雪的水泥地上

這些小蟲是家貓Scott生前
最愛的玩具　我手製的
用「宜家家具」的尼龍繩

昨天黃昏入黑時　大貨車
運來新買的雪櫃
把壞了的舊雪櫃搬走

想是Scott和小蟲遊戲時
將小蟲撥到雪櫃底
小蟲們躲他不再出來

是昨天舊雪櫃臨上大貨車時
蟄伏了六年的小蟲們一一逃出
冷死在殘雪的水泥地上

2009年1月9日

國家圖書館出版品預行編目

愛情元素 / 韓牧著. -- 臺北市：獵海人，
　2022.01
　　面；　公分
　　ISBN 978-626-95130-8-6(平裝)

851.487　　　　　　　　　　110021998

愛情元素

作　　者／韓　牧
出版策劃／獵海人
製作銷售／秀威資訊科技股份有限公司
　　　　　114 台北市內湖區瑞光路76巷69號2樓
　　　　　電話：+886-2-2796-3638
　　　　　傳真：+886-2-2796-1377
網路訂購／秀威書店：https://store.showwe.tw
　　　　　博客來網路書店：https://www.books.com.tw
　　　　　三民網路書店：https://www.m.sanmin.com.tw
　　　　　讀冊生活：https://www.taaze.tw

出版日期／2022年1月
定　　價／320元